하루의 정전

시작시인선 0360 하루의 정전

1판 1쇄 펴낸날 2020년 12월 11일
지은이 송계헌
펴낸이 이재무
책임편집 박은정
편집디자인 민성돈, 장덕진
펴낸곳 (주)천년의시작
등록번호 제301-2012-033호
등록일자 2006년 1월 10일
주소 (03132) 서울시 종로구 삼일대로32길 36 운현신화타워 502호
전화 02-723-8668
팩스 02-723-8630
홈페이지 www.poempoem.com
이메일 poemsijak@hanmail.net

ISBN 978-89-6021-530-6 04810
978-89-6021-069-1 04810(세트)

값 10,000원

*이 책의 국립중앙도서관 출판시도서목록(CIP)은 서지정보유통지원시스템 홈페이지(http://seoji.nl.go.kr)와 국가자료공동목록시스템(http://www.nl.go.kr/kolisnet)에서 이용하실 수 있습니다.(CIP 제어번호: CIP2020052029)

*이 사업은 대전광역시, (재)대전문화재단으로부터 사업비 일부를 지원 받았습니다.

하루의 정전

송계헌

천년의 시작

시인의 말

허공에 집 짓고 얹혀사는 것처럼

날마다 찬 얼굴이 되었다
자유는 사방으로 넘쳐 났다

푸른 근대를 으깨 뜨거운 추억을 끓이는 저녁

너의 등 뒤 너머 대로를 펄쩍 뛰어넘을
든든한 근육을 키우리라

혼자는 결국 함께가 만든 네모난 평상을 깎고 다듬는 일

너의 별빛 살결이 빈 허공을 깁는다

차 례

제2부

제3부

제4부

해 설

제1부

나이테

등이 굽은 꼽추 사내가 아카시아 나무 둥지를 톱질한다
나무 하나 쓰러질 때마다 둥그런 달 하나씩을 낳곤 한다
그의 등에서 오롯이 품어왔던 알심 같은 세월이 달 속으로 기어든다

달이 알을 품고 있다

뭉클대기도 하다가
솟아오르다가
간간이 물결치기도 하는 물때 자리

등고선이 파문져 간다

몇 겹 숲이 되고자 했던 백 년 허물이 그에게서 지워지고
지구가 기우뚱 쏟아낸 훌쭉한 등에서 쏙독새 울음소리 들린다
몸의 지퍼를 열면 끝없이 날아오를 몸짓, 희미한 등고선

달은 둥그스름한 그의 등에 안갯빛 젖을 채워준다
나무마다 비릿한 젖내가 돌고
새로 태어난 이파리처럼 사내 등 위
뽀얀 달님 하나 앉아있다

목각 인형木刻 人形

소리 없는 말들이 가슴팍에 흐르고 흘러 그는 반편의 이름이 된다
이미 소진되었거나 너무 많은 침묵이 허공으로 사라진 뒤……

그가 단단한 어깨를 이루게 된 것은 오랜 시간 바람과 고열과 빗방울을 입으면서부터이리라
나무를 닮아가듯이
하얗고 매끄러운 살성과 모성을 지닌 생명체 본연의……
자신을 바라볼 수 있는 큰 눈이 수심 깊은 샘물을 끌어안으면서부터이리라
어린 나무에게 입김을 고루 주었을 때 물푸레나무가 푸르름을 넓혀 간 것처럼

햇빛의 씨줄을 걸어 서느런 눈매를 조각하던 사람들아
한 시절 꽃으로 맺히고 떨군 날들 기다려왔으나 질박한 천 한 조각 굽은 몸 감싸 안지도 못한 게냐
낙타의 궁핍이 흐르고 흘렀으나 샤콘 낮은 음계를 여는 귀는 푸르렀다
미완의 경계를 허물지 않으며

눈부신 칼끝 붉은 꽃을 피울 수도 있었는데
그대에게 도달할 수 있는 유일의 길
울음소리 굵어진 형제들 서넛 친구들 세월 바람에 얽히고 휘어진들
불평을 넘어선 자들아
먼지와 찬 공기가 한 몸임을
몽당 나무로 고요히 생의 비의 품고 있음을

축제의 밤은 기울고
희끗한 속눈썹을 열고 닫으며

꼭 그대 모습으로 형상 지어질 때까지
깎고 또 깎는

그 후로도 오래……

그믐밤

가장 고요할 때
고요는 무기가 된다

한적한 골목 탱자나무 가시는 적막을 빨아들이며 촉수를 반짝인다
거듭되지 않는 순간을 침묵으로 봉인해 버린 시간들
고요의 순도를 키우고 삭이며 바람의 파문을 예감하는 이들은
삶의 어떤 경계면에 닿을 수 있을까

깊은 산중 까마득한 절벽을 보라
말 없음의 높이에 달빛 한 칸 들여
이토록 숨찬 급류의 사랑을 내치는 것을
숱한 목숨들이 찌르고 숨 허덕이는 지상의 날들에서
한 굽이 고요를 만난다는 건
석류의 주홍빛 잇몸에 가 박히는 햇살 같은 것

대지는 낮고 숲의 우물은 깊어
고요 속에 마른 몸을 벗어두고 사람들은 늙어갔다
때로는 자기모순에 밟혀 흐느적이는 내연의 지느러미들

어디서부터 와서 수면을 흔드는 이 적막을
달빛으로 뜯어내는 그믐밤의 완강함이여

하루의 정전

방금 닫힌 그림자조차 위태롭던 침묵이
어둠의 얼굴을 돌아본다

오늘의 정전

일생을 닦아내려 애쓰던
몸이 기울고 마음은 어느 골짜기로 흘러드는지……

낡은 서랍을 열어놓고 묵은 영수증을 뒤적이던 이전의 빛이여
유리문에 수채화 떨리는 율律을 걸어놓고
병약한 하루를 기대라 하네
어둠은 무미건조함 위에 떠있고 슬그머니 꺼내 놓은 의문의 광기를
하얀 캔버스에 확 부어버린 것 같은 칠흑이 성긴 머리를 덮었으니

검은 입 벌리고 있는 휘황한 우물 바닥
꼬리 잘린 파충류 같은 심장으로 헛된 손의 동작을 멈출 수 있다면

>

잠깐의 어둠인데, 잠깐의 적막인데 한 동선을 선별하는 사이

나는 집을 잃고 말았다 망막을 떨구고 말았다

없는 창문에서 좁은 시야를 꺼내는 일

하루의 정전은 천천히 완성되어 가는 미완성, 저무는 박동 소리

나를 멈추고 서서 피가 몇은 엄지발톱을 내려다보는 이 뜨거움

상한 과일 짓무른 기억의 갈피 쓸어내리며

하루의 나뭇잎 싱그러운 이삿짐을 꾸리려 하네

새의 거리

수많은 뻥튀기를 구워낼 때마다 그는
세상으로 조용히 새 한 마리씩 날려 보내는 듯하네
둥지를 틀고 알을 품듯 온몸 따뜻해져서
자신의 몸마저도 깃털을 입혀 날아오를 듯하네
아파트 일부분이 되어버린 트럭, 콘크리트 건물, 정원 초과 좌석 버스도
공중으로 떠오르려네
정성껏 띄워 올린 모형 비행기처럼 하늘과 숲이 되어버린 거리
외마디 경적도 한 줄 음악이 되고
횡단보도를 가로지르던 어떤 높은 구두도
튼실한 나뭇가지 되겠네
더 높이 날아오른 뻥튀기로 거리엔 붙잡을 수 없는 신발들
그가 새를 날려 보내며 신발 속에 담을 수 있었던 건
저 회색 거리를 뒤덮을 부드러운 풀밭이었을까

가끔은 탈선하고 어두운 발자국들 털어내고도 싶은 거리가
오늘 그의 손가락에 예쁜 나사를 끼워준다
숲의 신선함과 해맑음 사이에서
그는 오래도록 가슴 붉은 새 꿈을 구워낸다

안개 뒤편

잘못 디뎌 환도뼈 삐끗한 돌밭 길

아득한 안개 뒤편, 뒤편……
발신음만 떠오르고

기억 안쪽 차고 깊은 상처 눈을 감을 수 없다

삽

짐승의 등이라도 찢고 나왔을까
좁고 울퉁불퉁한 산책길

두더지 짓일 거야 사람이 왜 할 일 없이 저런 일을

산책하던 아낙들의 주고받는 말
그 어떤 날랜 삽으로도 파낼 수 없는
메마르고 단단한 흙이 군데군데 뒤집혀 있다
동물도감에도 없는 두꺼비의 등이
알 수 없는 불립문자의 가사를 노래하던 무명 여가수의 입술이
땅거죽을 가르고 나온 것일까
수천의 밥을 지어 먹이던 청동의 부족이
땅속 어딘가에서 제 등을 치고 있을지도 모르는데

그러나 며칠 후 세상에서 가장 아름다운 삽을 만났다

뿌리가 솟아올라서요 잎들이 다 죽고 있어요

수천의 이파리 일용할 양식을 대주던

뚫어진 꽃대 옆구리 감싸 주던
그녀의 작은 삽

죽은 이름들 하나씩 들어 올린다

바람의 전언

계이름 '솔' 하나에 여덟 개의 음이 들어있다고 어느 작곡가는 말했던가

여러 갈래 소리와 빛깔로 흩어지는 바람 속에 나는 서있다

밝은 귓바퀴로 들녘을 풀어내는 그대와 흰 뼈 몇 개로 주저앉아 어둠의 낱알을 줍곤 하는 나 사이 알 수 없는 기호와 형상의 울음소리 떠돌고 있다

지워지지 않는 흔적의 지문으로 낙타 등 위 물혹으로

그대 보이지 않는 투명한 죄 등에 업고 허공에 묻어나는 떠돌이의 상처를 맡고 있다

숲의 등뼈는 짚어낼 수 없는 오랜 누옥

노인의 환부 안쪽 마른 움직임으로 들여다볼 때

여덟 개의 '솔'이 긋고 지나가는 바람의 서식지

여러 갈래 소리와 빛깔이 스쳐가는 생의 절벽 그 너머

고통의 소리는 사람 마음에 따라 서른세 가지 모습으로 나타난다고

상처 바닥을 훑고 지나가는 바람이 말해 준다

못

아무리 두드려 박아도 빗나가는 못이 있다
작살의 단도직입을 허용치 않는 고래 가죽이 있다, 힘줄이 있다
드릴로 구멍을 내어서야 못은 단단한 부리가 된다
뼈 하나 얻는 일이 견고한 나선형 계단을 오르는 일인 줄 알지 못했다
저 못의 마음을 뒤집는 바람
꽃이 피는 이유인 줄 짐작하지 못했다
덧난 손가락처럼 바람벽에 내걸린
솟구치는 그의 함성을 이제야 귀 기울이게 된다
벽 한가운데 뚫린 구멍에서 들리는 폐허 음
못이 소리가 되는 건
나를 자꾸 거스르던 미완의 발자국들
못은 아니 벽은
깊은 숲속의 그림자로 태어나
오래전부터 새어 나왔던
세상의 흐린 불안 불만 들인데
그 어디에도 거부할 수 있는 날개는 보이지 않고

비오리 바람을 품고 무한 숲이 열려 있다

마음으로 난 길

흰 종이 위에 붓끝을 세우기란
초승달 이마에 얹고 밤길 가는 길이겠네

꽃의 자유로운 절도,
둥근 바람 같은 것
달빛이 내어주는 한 줄기 길에서
엉겅퀴에 걸려 넘어져도

구름 입김이 바람의 몸과 하나가 될 때
조각달 한 겹씩 옷을 벗겠네
제 살을 달여 꽃무릇 꽃대 밀어 올리겠네

그 서느런 운행 따라 붓이 가는 길은
고요와 고요 사이 음률 고르며
무수한 화살 닿아 가슴 아파와도
마음 끝 세워둔 천 길 절벽
걷고 또 걷는 길이겠네

날개 없이

날개 없이 일 만의 몸을 여는 나비는 천상의 음계를 지녔을까

어느 봄날 그 소리의 그늘에서 꿈을 꾼 적 있었지요
옷을 입지 않은 무용수처럼 마른 등에 업혀 또 다른 허공으로 가본 적 있었지요
세상의 비뚤어진 사선이 모두 내 죄인 듯싶어 문득 양쪽 더듬이가 가려워지고
분꽃에서 호접화까지 절세의 향기에 코를 박기도 했었지요
콘크리트 숲에 싸인 내게 순수한 외연이 있다면 한 평 텃밭일 거라고
뒤척이며 뒤척이는 저 날개 없는 솔기일 거라고
더 이상 별을 바라보지 않는 나이는 굳은 발바닥을 가진 내 뒤꿈치는
어느 봄날 그런 꿈 하나
프시케 자유로움에 마음을 맡기리라고 보이지 않는 날개를 얻으리라고
내 이전과 이후의 생이 무수한 날갯짓의 떨림은 아니었을까
슬픈 당신을 내려놓으며
날개 없이 소금밭을 건너는 현시의 생
젖은 무릎뼈 그 너머에

나비 영혼

잔설을 이고 있는 무덤을 보았지요
반나절만 놀다 가는 흰 그림자 같은

외투 속에 웅크리고 있는 바람 한 자락 사이로
때 이른 나비 한 마리
웅숭깊은 눈꺼풀 아래 머문 햇살이듯
젖은 날개 한쪽 허공에 빠뜨리고 있었지요

고요의 혀가 많은 말을 삼켜버렸으므로

전생일까 현시에서 내생으로
환부의 솔기를 뒤척이는 저 날개, 더듬이

목숨의 끈이란 이리도 가벼이 경계를 허무는 것을

아직 미열이 남아있는 흰 눈은 더운 이마를 서서히 소멸시켜
나비 영혼의 무늬를 짰을 거라고
세상 저편에 내 어지러운 머리를 뉘듯이
꺾인 나비 날개를 그대가 바라볼 수 있듯이
맨살 지익 긁으며 뽀얀 국물 같은 바다 저어 가는

LP판 한 장 어깨 위에 얹어놓았을 거라고

나비 몸을 입은 그이는 환부를 뒤척이고 있을까
알 수 없는 시간에 쌓인 깊은 잠

녹슨 청동 신발과 비닐 샌들 사이를 오가는
작고 슬픈 자의 날갯짓

소 떼 지나간 자리

곰국 우리려다 태워버린 우족牛足 냄새
현관을 열 때마다 코를 찌른다
소파에도, 벽에 걸린 블라우스에도, 산세비에리아 잎에도
냄새는 복병처럼 숨어있다

일생을 걷고 또 걸은 발자국
그리움 다한 고삐를 풀고 초원을 달리던 들소였을까
둥두렷 달빛을 굴리던 발굽 소리
무디고 질긴 소 울음이 적막 속에 머리 풀고 있다
곰국 우리려다 태워버린 건 한 육신의 뼈가 아니라
징후 없이 흘러가 버린 시간의 매듭이거나
함부로 무장해제 되어버린 들판의 자유
땅 위 구석구석을 훑는 소의 발자국을 미처 다 헤아리지 못하는 내게
제 몸속 맑은 말씀 하나 심어놓으려는 것 아닐까
뒷굽 닳은 어둠 속에 심우도 새기듯이

수천의 소 떼들 지나간 자리
검붉은 수술 자국처럼 아물 줄 모르는데

곧은 등뼈를 세우고

이가 빠진 열쇠를 들고 외출하던 날
내 구두 뒤축에 함정 같은 주름 결 움푹 파였네
바람을 비집고 오는 가을의 눈썹에도 마음 베이며
간절히 문이 열리길 기다리는 나와
허공에 무른 등뼈 하나로 무심해진 열쇠가
둔중한 철제문 앞에서 먼 별자리로 흐르는데

내 어긋난 4번과 5번 척추와는 무슨 인연 있을까
이가 물리지 않는 지퍼를 매달고도 내 점퍼는 구름뿐인
오십을 채워왔으리
하루에도 몇 번씩 겨누었던 과녁을 버린 채
곧은 등뼈 하나 세우지 못하는 내 안부를
열쇠는 청동거울처럼 비춰주고 있는 거다

누군가의 서늘한 빗장뼈를 빌려
거울의 뒷면에 당도해야만 아물 수 있는
그의 등뼈가 담장 하나를 허물 때쯤
나 기다림이라는 별난 짐 하나를
발아래 내려놓을 수 있으리니

봄의 점화식

우리 오래전 땅속으로 흘러들었던 것처럼

그중 빗물 한 줄기 솟구치게 하리

구름과 강이 되어 만나는 발화 시점

햇살 피어나고 엄지손톱이 푸른 일년생 내 현기증도 불러 모아
환상통 뒤섞이고 함몰하고 튀어 오르는 지난봄의 아라베스크 닮은

우리 오래전 씨앗 너머 잎사귀 너머
구름 속 여기쯤에 마음 지필까

허공과 수면을 빗날처럼 가르며
아픈 비늘 하나씩 벗겨 내는

봄날의 푸른 점화식

갇힌 방

왼쪽 옆구리 반창고 자국이 지워지지 않는다
아직도 덜 아문 상처 있는지 가늘고 긴 폐쇄음 새어 나온다
몸속 동굴 작은 균열이 태초의 울음을 열고 있다
나도 모르는 늑골과 늑골 사이
오래전에 버려두었던 좁은 골목
검은 폐의 그림자가 낮은 목울대를 드러내는
그것은 지상의 가장 모호한 문자
검은 옷과 흰옷의 펜 겨루기
아비와 자식 사이 편 가르기
잿빛 경계 안에서 밖으로
아직도 기어 나오지 못한 외마디들, 불의의,
손목을 꺾지 못하는 피톨들 살아남아 무언가를 타전하고 있다

덜 아문 상처가 있다면 그것은 발화되지 않은 첫마디의 웅얼거림
살아있는 것들의 내장 속에 깃든 수천 물결의 떨림

아직도 상처 흔적을 숨기고 있는 나의 일부에는
붉은 가슴에 배인 꽃망울 토해 내지 못하고 있는 거다
덜컹이며 오랜 길을 달려온 발굽 소리 갇혀있는 거다

고드름

눈물 속에 뼈가 있는 걸까
뼛속에 핏줄이 있는 걸까
햇살이 날카로운 단검 되어 찌를 때마다
뚝뚝 맑은 핏물이 흘러내린다
숨을 끊고도 저리 오랜 목숨 부지하는 것은
욕망의 무게를 누르고 가벼이 몸 바꿔 거꾸로 매달린 육탈

달콤한 귓속말을 사랑이라 오독하던
덜컹이는 세상의 바큇살을 굴리며 대로를 횡단하던 직립의 날들이
줄기 되어 뻗어가기를 바랬어
햇빛에 감기기도 하고 달빛에 물결치기도 하면서
황금 잎사귀를 달고 싶었어

하지만 떼를 지어 강으로 이식되는 뼈들, 눈물들
그들 하얀 손이 생명의 부재를 예고한다
희미하게 우주를 떠받치던 근육들 흙 속에 묻혀 버린다

레퀴엠 마지막 악보가 어둠 속에서 밀봉되어진다.

제2부

폐가

지독한 여름
풀들이 신발을 뚫고 들어왔다
아궁이를 뚫고 들어왔다
지붕을 뚫고 솟아올랐다

풀이 돌담 벽을 옛 기억을
등 뒤의 운명을 먹어치웠다

웃자란 풀이 잘 벼려진 검劍인 것을 시간은 말해 주고 있다

푸른 녹이 덮인 기둥과 서까래에
번뜩이며 날 선 섬광 한 줄기

시간의 텅 빈 구멍에 눈동자를 끼워 넣으며
아궁이 속으로 생솔이 부석부석 삶을 재치는 소리

온종일 어딘가를 헤매고 온 길고양이 두 발을 반겨주는
당신의 집
아프고도 뚜렷한

푸른, 검劍 한 채

또 하나의 계단

그 계단을 딛는다는 것 헛발질에 불과하다
뒤꿈치를 들고 계단을 올라보면 알 수 있지
그것은 피아노 건반을 씌울 덮개거나 방울토마토 하우스 비닐에 지나지 않는 것을

계단 속에 또 다른 계단이 웅크리고 있다니

늦게 귀가하는 헐렁한 신발들은 알아본다
쿵쿵대는 심장 위로 가교假橋를 건너듯
무수한 발길들이 공명으로 다가오는 것을
허허로운 구름 솟대로 펄럭이는 것을
배반의 입술 대신 쉬운 감정의 서정성을 택하셨나요
때로는 안전한 애인인 양 하이힐 통통 튀어 오르다가
허공에서 발목이 휘청댄 날 있었다
언젠가 이곳에 고양이의 찢어진 육탈을 묻어주었거나
오르지 못할 꿈의 오랜 연대連帶를 새겨놓기도 했었다
한 생애를 다해 올라야 할 고독한 광대 같은
또 하나의 계단
할 일 없어 은행잎, 갈참잎 밑창에 붙이고 돌아오는 신발은 알아본다

모르는 이와의 인생이 엮이듯
계단을 스치는 환한 이 예감!

포플린 치마

포플린 치마를 본 적 있나요
정오를 지나 반쯤 마른 빨래들이 피 흘리며
창백해지는 순백의 순간을
바람은 옷감의 네 귀를 잘 맞추어
햇빛이 황혼으로 변할 때까지
가장 낮은 노래를 부르지요
내 고등학교 시절의 깨끗한 살결처럼
그 어떤 상상력도 남기지 않고
투명한 물방울을 지상의 대지에 흘려보내지요
하늘을 덮은 지붕처럼 인생의 늙은 순간까지
추억의 아슴한 이파리들을 나풀거리고 있지요

포플린 치마를 본 적 있나요
물음이 끝나는 순간 세상을 바라보세요
누군가의 목소리와 몸집이 부풀어 오르면서부터
곳곳에 펄럭이는 온갖 채색 무늬의 폴리에스터 치마
질기고 매끈한 나일론 살결을 입은 그들
소멸이나 변질이 아닌 진화의 모습이라고 소리치는
저물녘 어스름 사이에서
나는 아직도 자기 혈통과 존재 모습을 끌어안고 있는 포

플린 치마가 그립습니다

4g 영혼의 무게 그 투명한 눈물이 보고 싶습니다

우는 여인女人*

파블로 피카소의 다섯 번째 연인이던가

울고 있었다, 온몸으로

환하던 내 미소에 그녀 푸른 얼룩이 겹쳐진다
깊은 동공에 그녀 눈물방울 떨어진다
앞과 옆 뒤로 펄럭이는 시선들

눈을 버림으로써 새 눈을 뜨게 하던가

나를 뚫고 지나가는 풍경, 형상 밖의 포즈
응시하는 모든 슬픔이 흰 마가렛 같은 운명을 인화하고
야윈 광대뼈를 부비며 또 다른 얼굴 끼워 넣는

몸 떨며 숨을 토해 내는 샐비어 입술의 女人
올리브 가지로 휘어진 물고기 등뼈 같은 女人
오필리아 한숨을 닮은 女人

구급차 절박한 사이렌 소리,
가슴앓이 울지 못하는 첫새벽의 기도,

몰약과 향유까지도

나는 무수한 그녀를 열고 푸른 얼룩 위로 겹쳐지다

* 〈우는 여인女人〉: 파블로 피카소의 작품 제목.

꽃다발

누군가의 두 팔에 안긴, 내 두 팔에 안길
꽃다발이 되고 싶어서 화원 안으로 들어선다

안개에 잠긴 꽃다발,
장미 근처 우아한 스텝으로 다가가는 것은
하나의 존재이고 싶은 오늘,
꽃 뒤에 남겨진 아직 시들지 않은 나뭇가지
뜻 없이 묘연한 시간을 뛰어넘으려는 아련한 약속 같은

누군가의 꽃다발이 되고자 하는 마음
내가 아직도 꽃으로 피어보지 못한 여운으로
울컥울컥 목구멍에 숨죽이는 삼켜지지 않는 그리움같이

오래 묵은 노트를 뒤적이고 새의 말을 귀담아듣고 창가 영롱한 가을 잎새에
눈물 핑 도는 아무 일도 아닌 아무 일에게
훌쩍이다가 발버둥 치다가 어금니 깨물다가
폭설로 저문다는 말
피어오르는 은총처럼 내가 한 송이 빗방울이 되고 싶은 건
한 결핍이 머무는 문장 밖 부록에 걸쳐있을 때처럼

버린 꽃마저도 고요한 향기로 서는
한사코 꽃을 모르는 여자가 되어
화원 문을 나서는 모호한 발자국

별의 감옥

맨발로 걷고 싶다
더 이상 추락할 것도 없는 절망의 날개 곤두박질칠 때면
흙으로 내려가 바닥의 슬픔을 살갗 깊숙이 느껴보고 싶다
거대한 회색 도시가 입 벌려 모두를 먹어치울 때
온갖 문서와 조약, 변심하시 않은 애인을
떠오르는 여명과 일몰까지도 삼켜버렸을 때
나는 홀로 샤먼이 되어 숲길을 걷고 싶다
땅바닥에 경배하고 싶다
발끝에 닿는 풀잎의 향기, 작은 곤충들의 나긋한 더듬이,
꼼지락대는 햇살의 실핏줄까지도 투명하게 받아내고 싶다
도심 한복판 엎치락뒤치락 제 살 파먹는 군상들
서로의 뒤통수에 빈 총구 겨누는 밀렵꾼들 보이지 않는
별의 감옥으로 이송되고 싶다
푸른 피가 발바닥에 샘처럼 고일 때까지
말랑한 복사뼈에 파릇한 이파리 돋을 때까지

바람의 집

골다공증 촬영을 끝낸 내게 의사는 필름 한 장을 내미네

듬성듬성 희미한 늪지가 가리키는 것은
내 여린 닻의 그늘
울타리도 없는 마당에 바람은 물결을 저미었네
뜨락 한쪽 생강나무는 뿌리가 먼저 아파오고
크고 작은 활엽수들이 가슴뼈를 드러내는 북풍의 밤
바람으로 들썩이는 방이 평온한 들녘이 될 때까지
어머니는 담요 자락을 아프게 쥐고 계셨지
그 겨울 흐느끼는 문풍지는 내 피할 수 없는 거처, 저 희미한 늪지라는 걸

나는 어둠의 공을 치며 텅텅 울리는 빈집
전구 알 하나 푸르게 숲을 밝히고픈 집
단단한 골조로 된 기둥을 애인 삼고 싶은 집

의사가 처방하는 1mg의 칼슘은
이제 마악 꿈꾸기 시작한 황무지란 걸
밤 이슥도록 바람 자락을 여미시던
어머니의 피 맺힌 손톱이란 걸
이제 바람은 알까

자판기

뾰족한 손끝으로
네 심장을 누른다면
뜨거운 커피 대신 콸콸 붉은 피 솟을 거다
찔레 하얀 가슴이 졸고 졸아
타닥타닥 숭얼숭얼 불꽃 맺힐 거다

오늘은 그대를 위해 달콤쌉싸름한 시를 쓰려 했는데

이미 현실과 가상의 순간 속에 갇힌 그대
나는 단 한 줄의 행간도 마련하지 못한 채
네 끓는 목숨 쏟아지기 직전 마음의 고요를 두드리고 있는데
누룩처럼 끓어오르는 서정의 은유 대신
박하 향 풍기는 고열의 아우성이 쏟아지리라고

생의 목덜미를 잡는 위험한 사랑과
시간의 하류로 떠내려가는 한 컷 흑백필름에 대해서
모든 생성과 소멸에 대해서
나는 제법 묵직한 은화를 짤랑이며 네 심장에
새로운 이미지를 꽂으리라고
섭씨 90°의 배합되지 못한

내 시詩의 꿈들
아직도 동굴 속에서 행간 사이 헤매고 있는데

황사

첨탑을 지우고
들풀을 지우고
열에 들뜬 몸 휘돌아 휘돌아
고비나 타클라마칸 어디쯤에
모래언덕으로 늙어가기를

눈 감고 귀 막고
시간의 풍화작용에도 얼굴 깎이지 않는
서역 바람의 등뼈가 되기를

밤이면 검은 머리칼의 지평선에 머리를 뉘이고
숲과 강물 합장한 모래 무덤을 품고 살겠네

불온한 봄날
아가미만 앙상하게 남겨
나무와 별과 신기루
항하사恒河沙만큼의 쓰린 족적

백 개의 죄목
백 개의 인연 모두 끊어버리는

너의 기억 체계는 늘 바람이었다

시詩의 늪

한길 눈 더미에 쓸려 나갈 빈터 오물 같던
더 이상 쪼개어질 수 없는 능금의 씨앗 같던
라디오에서 흘러나오는 열두 시 시보 같던
베스킨라빈스 같던

구름이었다가 채 피지 않은 꽃잎이기도 한
몇 줄 나의 시력詩歷

아직 달아오르지 않은 서쪽 하늘은 고비사막이었네
내 시어의 목록에 빈 주름을 더하는 일
앙마른 가슴에 산초 가지 꺾어 세우는 일은
마지막 부록 같은 달력 한 장에게나 주려 했네

환한 햇살에 발목 담그고 싶다고
꼭 한마디만 품어줄 가슴 있다고
저 혼자서 피었다 지는 길섶의 영토를
마음으로 그리고 또 그려보는 날들 속에서

잠깐 그대가 다녀간 입김 같은 지느러미 등에 달고
시의 늪에서 허우적이는
불임의 끝자리.

천국의 문門

참예수교회 옆에 천국 PC방
벽 하나를 사이에 두고 어떤 문으로 들어가야 할지
참 천국으로 향하는 입구를 알지 못하네

교회 속에 세 들어 사는 천국
천국 속에 세 들어 사는 PC방
아니면 아예 천국이란 방은 없는 것인지

나는 파지뿐인 시의 원고를 수레에 싣고
천국의 반대편에 서있는 것인지
천국 강을 건너지 못하는 것일지

찬 빗방울 몇 낱 흉터처럼 고여오는 일요일 밤

읽히지도 않는 시를 쓴 죄, 흰 꽃 타래로 흔들리며 밤을 건너지 못한 죄
이토록 무거워
천상과 지상의 입구를 허둥거리며
절뚝이고 있는가

>

사악한 뱀의 꼬리를 잡고 세상의 그늘을 두드리던
내 안의 나는
어느 문턱도 넘지 못하는데

도화밭을 건너는 입구이자 출구인
천국의 문 앞에서 서성이며

너와 나 그림자도 없는

애초부터 너와 나 같은 편이 아니었다
가난한 비관을 지나 부정을 지나 불투명 지대에 두 발을 담글 수 있는 푸른 대야 하나 갖고 있을 뿐이다
부푼 발등 주무르며 그럼에도 우리들 적敵도 아닌 시간은
늘어진 지느러미처럼 바람과 악수하고

누군가의 하얀 고집이 걷어 가버린 풍경
그 너머 오래 비어있던 작은 꿈들이 당신의 길을 따라갔었다

어디에도 같은 목표는 없고

어정쩡함과 애매함이 흐르는 석양에 몸 싣고 돌아오는 저녁
무거운 침묵과 확신 없는 대답이 허공에 부서지고 있었다

머리 위 속력을 내는 어릴 적 프로펠러에 대한 가슴 벅참
꺾인 날개에 대한 새의 떨림
새의 자유는 하늘에 있을까
간절한 마음은 먼 데 소리에도 닿아있었다
대답처럼 불어오던 저녁 바람 그 울음소리에 말간 대지의 씨앗을 심어놓기도 했다

>

쓸쓸하지만 아름다운 밤을 지나 한 그루 삽을 뜨는 당신의 허기

내 깊은 체온 속에 박혀 눈물 가득 채우면 얼굴이 환해졌고

빈 잎맥 같은 세상의 껍질이 그림자 위를 통과하면 애써 궁핍을 외면한

너와 나 그림자도 없는 시간은

누구의 생애와도 바꿔 입을 수 없는

슬픈 입소문과 닮아있었다

불꽃 행렬

꽃받침이듯 두 손을 모아 불꽃을 떠받치고 있는 사람들 본다
깨끗한 피를 나눈 이들의 숨결과 발소리는
맑은 공명과 반향을 지니고 있다
그것은 절대자에게로 향한 경배라기보다
깊숙이 자기 몸을 탄생시키는 어떤 제의 같기도 하다
자신을 불살라 촛불 탑을 이루는 성령의 순간이기도 하다

천천히 아무도 모르게 불꽃의 행렬은
어느 지극한 메타포의 한 지점에 도달할 것이다
그 환한 직관이 은밀히 관여하고 있는 빛의 극점에는
흑탄처럼 타들어 가는 목성木性의 둥근 무늬와
먼 기억들 물결치며 지나갔을 하얀 영혼 같은 것이 내재해
있을 거라고

이전의 몸을 돌아 나오는 불꽃 행렬은 멀고도 길다

남쪽

구름의 느릿한 산도産道를 지나 이 산 중턱까지 왔다
서너 삽 흙을 슬픔으로 거두어 덮은 봉분 가장자리
그의 더운 입김은 숙여진 그들 검은 코트를 적시거나 이별 안쪽을 어루만진다
찬찬히 들여다보면 볕바른 창보다 그는 더 멀리 와있다
그의 불안은 그래서 어둠 쪽에 가깝다
빈 소나무 그림자가 아득해진 이유는 죽은 이의 몸속에 남은 마지막 사흘
갑작스런 재앙이 끝내 돌려주지 못한 고요 속을 장엄의 꽃이듯 노 저어 나간다

구름 저편 사라지는 것들은 얼마나 거대한 아군인가

그에게로 그에게로 깃들어
사람의 길을 좇아
붉은 흙 엉겨 붙은 신발 위 바람깃을 좇아
마지막 흙을 가벼운 신음으로 거두어 덮은 봉분 위
온기만 남고 본능을 버린 그의 어깨에 슬며시 머리 기대는 소나무 그림자

남풍과 햇빛 사이

구월 그 너머

별을 흰 돛배라면 어떨까
향유고래라면
바구니 속 싹 튼 감자라면
꽃이 슬픈 벼랑이라면 어떨까
빗방울이라면
메주 속 만개하는 푸른 곰팡이라면

구월은 멀다
첫 잎사귀로 건너가기에는 다하지 못한
별과 꽃의 이름이 남아있다
들녘 한쪽 속살 흰 햇살이 구월을 키우고
그 너머 더운 목을 씻는 강물 소리 들린다
구월은 멀고도 가까이 손 적시는데
비바람이 훑고 간 자리마다 종기처럼 돋아나는 꽃, 별
덜 아문 고집의 관목 숲
병을 털고 일어나는 시간이 툭툭 가지 부러지는 소리를 낸다
구월이 멀어질수록 내가 모르는 세상이 무거워진다

남아있는 별과 꽃의 행간을 줄인다
더 이상 그리운 것들 없겠다

삼월

누군가 넌지시 걸쳐놓은 나뭇가지의 물음을 받아 적는 저녁

벌레도 가르쳐주지 않아 천 번 더 묵음으로 헤아리네

그 대답 얻으려면 이 세상 가장 낮고 비루한 이름들 불러 모아야 하네

흰 손마디로 그대 듬성듬성 눈썹 자리를 어루만져야 하네

삼월의 뿌리는 가장 투명한 물길 아래로 뻗어나갈 것이다

분주한 발길로도 돌아설 수 없는 굳은 마음은

왜 지상의 틈새로만 기우는 것인지

잔광의 깃털로 새겨진 산수유 산수유

침묵이 지어낸 종달새 음표 음표 사이로

한 소쿠리 어둠은 나뭇가지 물오른 살집이 되기도 하네

삼월의 팔은 쓰러진 자의 등을 일으켜 세울 것이다

너무 많은 입술이 부르는 절망 뒤편으로

남간정사
—님의 숨결

끈질긴 구애 작전처럼 빗물이 빗물을 이끌고 시간 속으로 멈춰 섰습니다
조선 소나무 몇 그루 님을 지키고 마루 밑으로 흐르는 물이 은비녀처럼 반짝이는 것은 곁에서 그리운 눈빛으로만 적어 내려가던 누군가의 서간문일런지요

기둥에 촘촘한 무늬 결로 새겨진 님의 시심이 녹처럼 번져 가는군요
세월조차도 지워낼 수 없는 무심의 회랑을 서성이며 퇴락한 기왓장이 어둠의 옷자락을 펴고 있어요
한 세월 고르지 못한 님의 숨결이 님의 부재로 다가옵니다

님은 어디 있나요 우리는 어디로 가는 건가요
고독이 남긴 지문이 흙빛 그물을 던지고
누군가를 향해 목 늘이던 나뭇가지는 가늘고 긴 외로움으로 상처 진 꽃송이를 떨구고 있습니다
봄이면 하나둘씩 목련 꽃송이 터지고……
시간의 옹이 속에 자란 뿌리는 백 년 전과 같은 푸른 빛깔,
님은 새 종이 위에 또다시 붓을 세웁니다

>

출렁이는 님의 숨결

빗물이 빗물을 이끌고 여기 백 년 시간이 쌓입니다

제3부

눈물 수위

오래된 소파 한쪽이 삐그덕거린다
그의 하반신 어딘가가 불안하다
평정을 잃은 바닥과 창문들도
끄윽 소리 없이 울고 있다

불평즉명不平則鳴

가장 잘 우는 현弦을 골라 튕기는 님이여
두근대던 실핏줄 수숫잎으로 눕히고
나 발자국 찍어 이 밤 건너가지 못하리
들끓는 풀벌레 속으로 다리 한쪽 빠뜨리고도
어둠은 뭉클뭉클 욕망을 게워내고
세상의 모든 언약들 투명하게 살아나고
수면 안쪽 현과 현 사이
은발의 잠은 기울어 기울어
천지 사방 어둠은 고요한데
찌르레기 여치 들아
숲을 잃은 것이냐
명치끝에서 나오는 뜨거운 공명
어떤 손이 눈물 수위를 출렁이게 한 것이냐

정원사 1

탈모가 시작되는 여자의 감정에 장미를 심어주기 시작한 건
그의 등이 굽으면서부터일 거다
봉오리 접고 입김을 불어 향기를 채워준 건
두 눈이 흐려지면서부터일 거다
무소의 뿔처럼 위태로운 가시를
여자들 느슨한 심장에 박아주는 그는
뿌리 없이도 나무를 만드는 하늘의 연장을 가졌으리라

숲속 어디선가 울던 새가 죽어가는지 별 하나 아프게 반짝인다
그 주검이 다시 피는 봄을 기억하지 못해도

말갛게 튼 장미 무늬 시절로 돌아가고픈 그는
바람과 햇빛과 아픈 별 하나 나뭇가지 삼고 싶은 그는
지상 위 속도를 수직의 힘으로 바꿔버린 그는

굽은 등 소나무 등걸에 걸친 채
그림자조차 없는 겨울 정원 같은 여자의 가슴에
오늘도 장밋빛 프리즘 하나씩을 심어준다

정원사 2

한 점 가시에서 장미 향기를 뽑아내는 그는
모래 없는 사막을 지나고 건기의 목마름도 견뎌야 했다

이름을 가진 적도 본 적도 없는 깃털과 이파리를 낳느라
함부로 물길을 바꾸던 구름송이는 그 생애 몇 개의 인과因果였다

그 낮은 나뭇가지의 전언을 허공으로 펴 옮기느라
그는 늘 아픈 거리를 지나 꽃잎의 숨결에 귀를 대고 있었다

땅의 한 언저리에서 태초이듯 푸른 피가 돌던 관절
굳은 석순처럼 말을 버리고
별들이 숲을 채우던 샤먼의 노래도 사라졌다

기억조차 없는 꽃말들이 장미 문양처럼 흩어져 내린다

아무 무게도 형체도 없이 시간 밖으로 날아다니는
바람의 뼈 속에 제물인 양 나뭇가지를 얹어놓고

제 마음을 씻어 사르며 오직 고유한 향기를 드러내는 그는
지상에도 없는 장미의 매혹을 주문呪文하는 그의 입술은

푸른 눈썹

눈썹 아래 푸른 숲을 가꾸면 어떨까
산사나무 둥근 열매와
보랏빛 현호색 향기 가득 채운다면
내 안의 얼룩들로 자주 꿈틀거리는 눈썹
바람만 스쳐도 붉히고 마는 눈시울
우레처럼 놀라 꼬리가 지워지고
눈썹도 하 세월을 견디기 어려웠을 테니
세상의 흙먼지를, 빗낱을
받아내기 힘들었을 테니
바람 불 때마다 신음 소리 새어나고
조각달에 한 올씩 눈썹 빠뜨리는
저문 날들 속에서

눈썹 아래
푸른 하늘과 바다를 글썽이면 어떨까
순한 새들, 물고기들 출렁인다면

세상의 등짐 실은 화물선 한 척
눈물바다로 넌지시 통과할 터이니

슬픈 낙하

한때는 살아있는 돌멩이였다
말라버린 우물 있는 빈집이었다
함부로 추락하면서 부딪치면서 분열 또는 폭발하면서
비늘들 반짝거리고 지느러미 일렁였다
세상의 모든 시계를 건너가며 당신의 밤을 통과하며
대지 겉모습 위 어룽거리던
그가 내게로 낙하한다
내 정수리에 부어지는 투명한 하늘 심장
이어 바닥을 훑는 기다란 혹의 꼬리로
한때는 굴뚝에서 새어 나오는 연기였었어라고 중얼거린다
갈아엎은 묵정밭이라고 날가슴을 세운다
한없이 낮은 공중에
한없이 높은 바닥을 향하여
스스로 무릎 꺾는
관절과 관절 사이
얼마나 부드러운 길이 흘러드는지
서로 다른 울음소리의 피를 나누어 갖는지
그의 고단한 외출이
내 곁에 와 눕는다
진위를 가릴 수 없는 그리움의
빼곡한 손가락 마디마디들

수목한계선

히말라야 중턱 그 이상은 나무들이 자랄 수 없는 한계 지대
나이테가 굵어지면 나무들 스스로 무릎 꿇는다지
가지런히 손 모으고 대지 위로 더 가까이 머리를 조아린다지
한자리에 오래 서서 필다리가 잉겨 붙는 칠흑의 밤을 견뎌내기란
다스려지지 않는 마음 진창으로 끌고 다니는 아픔 같은 것

세상 최고의 명기名器는 그런 몸을 빌려 탄생된다네
저린 무릎을 관통한 바람, 햇살만이
수려한 공명통 안에 들어와 살게 되는 것
이 세상 몇 안 되는 스트라디바리우스는

비계 낀 내 몸 어떤 악기가 될까
몸 구석구석 두드려도 맑은 소리 우러나지 않는
환한 햇살 눈 떠지지 않는
내가 나를 넘어서지 못하는 한계선에서도 무릎 꿇지 않았었다
생장점을 억제하는 빗장 채워본 적 없다
팽창한 도시의 지명 같은 내 몸 현弦을 튕기며

소리가 침묵이 되는

독풀이 순한 잎사귀로 눕는

내 안의 한계선 하나 무릎뼈처럼 꺾어 세워야 하리

신의 눈물

봄비 내리는 날
두꺼비들의 행진이 시작되었네
대구시 망월리 저수지
알에서 갓 깨어난 수십만의 어린 혼들
바위와 언덕과 들길을 지나
어미가 있는 서식지로 향해 가네
절벽을 기어오르다 떨어지면 다시 기어오르고
여린 잔등에 빗줄기 내리꽂히는데
비悲가 되어 뼛속을 파고드는데
길 안내자 하나 없이 나침반도 없이
이슬만 한 보폭으로 수십 리 길 가야 하는 미물 아닌 미물들
어미의 울음소리 간간 비릿한 물 떼처럼 번져오는데

검게 구워진 별똥같이
물에 어린 잠자리 그림자같이
최초의 언어를 찾지 못하는 자폐아들같이

신의 품속에서 천천히 꺼내 놓는 비상등 눈물

낙타나무

하반신 온몸에 가시를 두른
그 나무를 그냥 지나칠 수 없었네
천리포 수목원
내가 아닌 시詩의 발길이 먼저 그 앞에서 머물렀네
낙타 키 높이만큼만 가시 돋는다는 낙타나무
제 무게에 겨운 등짐이 아픈 햇살로 꽂혔을까
금방이라도 붉은 피 쏟아질 듯한 마른 수피를 만질 수가 없었네
저 숱한 긍휼의 뿌리를 따라가 볼 뿐
서해 모래밭에 다리를 일으켜 세우고 파도에 부딪힐 때마다
한 켜씩 사막으로 쌓여 가는 불룩한 울음
수없이 피고 지는 가시의 날들이 몸 뒤척일 때마다
자신의 몸을 버리고
바다를 버리고
육탈의 꿈마저 버려야 한다고
모든 것을 떠나보낸 자리에 가시는 한 치씩 돋아났던 거다

가시의 눈물을 먹고 피어난 이파리에 바다가 글썽인다
파도가 천 리 아픈 혀로 핥아 내린다

자신의 몸이 곧 절벽인 낙타나무 앞에서

개망초

숲에는 감탄사가 만발했지요
아스피린처럼 하얗게 흩어지는 개망초
바람의 안개 같은 입김 사이
햇살의 온도계 눈금이 열꽃을 피우고 있었지요
한 허무가 또 다른 허무를 어루만지는
누대의 흰 꽃잎이 개망초의 다른 이름이라고 누가 말했던가요
저 파리한 이파리에 마음 베인 적 있었다고 당신은 말했던가요
숲에는 햇살과 바람의 경계가 큰 나무의 잎맥처럼 살아나는데
나는 그늘 아래 개망초를 바라보고 있었지요
내 살 속을 파고드는 꽃잎의 전각
흔들리는 꽃대가 빈 하늘에 발자국을 찍어 넣고 있었지요
묻어나는 그늘의 고요
내 심장의 뒷방 같은 날들이 개망초 향기로 흘러가고
숲에는 감탄사가 만발했지요
바람에 흔들리는 내 빈 발자국의 뿌리는
검은 대지가 피워 낸 개망초의 깊은 마음이었지요

군무群舞

하얀 철쭉

뚝뚝 꽃잎 지는 소리

지상에 내려앉는 학의 발자국인가

전등 빛 쫓는 불나비처럼
나는 발자국 포개며 흐려진 눈을 탓한다

아스피린 가루처럼 환한 꽃과 달의 아라베스크
둥두럿 까치발 세우며 강줄기 굽어진다

떨어져 나온 잎의 살점으로 꽃 한 송이 또 피어나고

서 씨의 얼굴이 찡그려지면 저 달의 얼굴도 상처가 될까

울타리 너머 손 뻗은 담쟁이넝쿨
달빛의 흰 몸
레이스의 슬픈 속옷을 얘기하고

겨울 책冊

늙은 벚나무 필사筆寫본

찬 공기 가득 채운 만년필로 써 내려가다가 자글거리는 주석註釋까지도

표연히 날아간 새의 깃털 자국인가

그 벚나무 문장을 나는 다 읽지 못하겠네

오래전 사람의 옆모습을 새겨놓은
녹이 푸른 거울처럼
물소리 점점 낮아지는 강물 들숨으로 피어나고 싶었어

벚나무 가지 사이 뚫고 나오는 빗살 하나 나비 날개를 짜고
북쪽 하늘에 긴 편지를 띄우겠네
꽃도 피지 않은 채 떫은 열매를 과실이라 오독하던 날들 속에서
주름진 얼굴이 만든 둥근 강물 따라
푸스스 뼈의 문장들 일으켜 세우고
스스로 잘라내지 못한 캄캄한 시간 속 빈 가지

나뭇잎이 훑고 간 내생來生 사이

맑게 돋아나는
행간의 눈썹 하나

작은 신

주방으로 난 작은 창
연둣빛 부재음이 길게 찍혀 있다
늘어나는 식욕 포만감에 젖느라
자맥질하는 물고기 지느러미를 쫓느라
알아채지 못했던 그들, 그 작은 뒤꿈치에 걸쳐진 신발
이제야 보게 된다
밤새 별빛마저 신발코에 묻히고
너무 작아 들리지 않게
그들 고물거리는 발가락만이 드나드는 사잇길로 사뿐히 걸어왔으리라
아무도 열어주지 않는 유리창에 차갑게 부딪치다가 되돌아서기도 했으리라
밤 기척에 날개 절뚝거리며 비스킷 바스러지듯 나뭇잎 밟으며 왔으리라

삶의 뿔에 걸린 내가 초록 사슴의 수풀을 따라가는 동안
무릎 꿇고 백 년 고목을 기다리는 동안
연둣빛 촛불을 든 작은 신발
우렛소리에 살점 몇 떨구고
시간의 느슨한 태엽을 감으며

여린 살 속에 쓰린 햇살도 꽂혔으리라

내 낡은 신발 위에 시의 여백을 타전하는 작은 신

설중백雪中栢

눈 속에 반쯤 몸을 숨기고 있는 동백
흰 눈에게 초점마저 다 내어준 두 눈은
출구가 없는 비상구 같다

창살 없이도 새장에 들어앉은 저 붉음이라니

밖으로 튀어나오지 않는 화살 한 촉처럼
명치끝을 누르면 한 점 종교적인 혈흔이 배어 나오고

긴 목을 벗어버리고 싶은 오늘 밤
잠의 설원을 지나기 전
너의 비운悲運을 견딤으로써
한 생을 흘러내리는 진물들
바람처럼 나부끼리라

은행나무

햇살로 나비 날개를 짜던 시간이 가네

정염의 치맛자락을 따라 강물에 뛰어들려던 사랑이 가네

꽃도 피지 않은 채 떫은 열매를 과실이라던 오독의 날도 가네

그의 외모는 당당했으나 진실은 쓸쓸했네

거리는 붉은 비로도 천으로 돌돌 감기는데

그는 할 일 없이 양장본 고서古書를 뒤적이거나

이마에 주름지듯 노트의 첫 줄을 썼다가 지우곤 하네

너무 일찍 사랑을 결말 내어버렸노라고

두 얼굴의 애증이 떫은 씨앗으로 맺혔노라고

노시인의 회한이 반달로 피어올랐네

그의 눈빛은 국도처럼 푸르렀으나 젖은 눈시울에 갇히고 마네

호소력 있게 장님처럼 노래했지만

시대의 빠른 관능 앞에서 아무도 소통하지 못했네

이제 마악 흙집으로 돌아가려는

허공 속 운문 반 소절

매듭 풀린 실밥처럼 나풀거리는

제4부

불의 눈물

거실 벽난로에 불을 때면서 알았다
장작개비에도 눈물 구멍이 있다는 것을

불을 땔 때마다 탁탁 자지러지며 울부짖는 소리
드디어는 눈물 같은 진액 한 줄기 흐르는 것을
온몸을 분지르며 뒤틀며 불의 씨방에 닿으려는 소리 들린다

아슬히 불꽃을 이루는 건
향기 나는 눈물과 빛과 고열
햇살과 비를 거쳐 단단한 목질을 이루어왔듯이

불의 혀로 눈물을 핥으면서 불꽃은 가장 높이 솟아오른다

먼 한라 산정을 향해 눈물이 뿔처럼 여물었으니

세상에 없는 약속

달력에 빼곡히 적어 넣은 글씨
당신 지인들과의 약속, 이 세상에 없는 약속
끊임없는 빈 시간 속 발걸음

내일이 존재하지 않은 걸 미리 알지 못한 건 당신 잘못이 아니에요
그 달력 3월 6일 이후는 예기치 못한 검은 커튼이 드리워졌거든
누구나 누릴 수 있는 흔한 기쁨도 설렘도 손사래 치며 다가오지 못한 것을

안녕…… 못다 한 작별 인사 그 너머는 평강과 그리움이 슬픔을 거둔 나라
건네줄 통장 잔고 하나 귀뜸해 주지 않은 당신은
오래 세워두지 못할 꿈결 속에 있는 사람

지난날 호주머니에서 꺼내 들었던 잠깐의 행복
아픈 꽃이 피고 작은 희망이 고치를 감싸고
고난을 요행의 씨앗으로 품고 살자던 우리의 기도

>

지금은 세상에 없는 약속만이 푸르게 남아
기억의 팔을 괴고 일어서는

꿈길

어젯밤 그대 다녀간 길
몇 겹 창호지 바른 여닫이문
아직도 문고리 떨리고 새의 깃털 스민다오

말하지 않아도 그대 하고픈 말 내 속 깊숙이 들어와
산등성이 위 흰 눈썹처럼 솟는 연기 바라보며
따뜻한 입김 마주할 수 있었다오

그대 뚫고 나온 축축한 땅
흙냄새 그리웠던 사람
심장 소리 귀 기울이면 붉은 눈물방울 옷섶을 적시리라고
대지에 아늑한 숨결로 번져
사람들 팔꿈치로 굽이치고 별처럼 글썽거려

아침이면 다시 이별할 사람
풀잎 젖은 신발 신고
다시 돌아갈 사람 먼 그곳

그대 번지던 흉터는 웃고

나는 희미한 미열 삼키며 우는

꿈길 도중에서

기침 소리

문 뒤에서 들리는 기침 소리로
그가 거기 있음을 알았다

숭숭 구멍 뚫린 살점 하나 기침 속에서 걸어 나오고
기우뚱 짧은 보폭에 갇힌 그대 하얀 핏덩이로 웃고 있지만
다람쥐 통처럼 쉬지 않고 내게로 달려오고 있었다

내 손끝에 찬바람으로 달려 있는 사람

살아주어서 기쁜
기침 소리가 기쁜

구겨진 침대가 시트를 갈아 끼는 병동 창가
밤새 내려앉은 별 포기들 페르귄트 조곡을 연주하고
희망의 무질서한 안색들이 그와 가까이 있었다
심장도 가볍게 떨리기 시작한다

우리 함께 뛰어갈 수도 없는 길
유리컵 기운 적막에 갇혀 발조차 뻗을 수 없는 길

>

아물지 않는 발과 꽃 피지 않는 허공 사이
정면과 이면 사이

그대 기침 소리 멀다

하늘 공원

마른 버들잎이 대지 위를 덮고 있다

고물고물 뒤집히며 파닥거리며
어린 청어 떼, 청어 떼가
하늘 공원 위에 바닷길을 열고 있다

물 떼를 저며내는 파도의 푸른 날은
나뭇잎이 훑고 간 비늘의 한 내생來生

몇 길 난필亂筆을 겹쳐 읽어도 한 장의 현시現時 같은

꿈인 듯 해안의 새들
시간의 혈관 속을 날아다니고

푸른 명줄을 물고 있는 수평선
쉼 없는 세상 길을 가고 있다

간절한 손

산 나뭇가지에 허리 꺾인 나무 쓰러져 있다
정신의 가파른 절벽을 세우듯 곤궁한 생을 견디려 했을까
숨이 멎는 순간 절창을 남기고 폭포수로 솟구치기도 했을 것이다
바로 곁에 있는 그대를 애타게 부르는 아득한 목소리로
죽어서도 그는 죽지 못하는 불꽃이었다
환히 제 죽음을 들여다보는 육신 위 한 줄기 바람 떠돌고 있다
나는 왠지 십 촉 전등알처럼 꺼져있는 그의 깜깜한 속내가 그리워졌다
아지랑이 찰방대는 나이테며
쏙독새 길게 울음 담그던 수액
늘 한 잎씩 메모처럼 남겨 두었던 우듬지까지
어두워져 사라지는 모습이 아니라
소멸되어서는 안 되는 어떤 궁구의 힘이란 걸
무너진 무덤 위 어룽거리는 흰나비의 영혼은 알았을까
제 그림자 몸 안에 들여 저물어가는 목숨을 한 올 한 올 거두노라면
그리워 당도하는 초혼처럼
죽어서도 죽지 못하는 열꽃 자리 마디마디 짚어주는
간절한 손 있다는 것을

한 뼘의 무늬

한 뼘의 물이 부족해 나는 늘 목이 마릅니다
한 뼘의 잠이 모자라 꿈속에서 헤매입니다
한 뼘의 따뜻한 손길 보이지 않아 마음의 빗장을 닫아겁니다

보일 듯 어둑한 무지개 터널 속
한 뼘의 시간과 기억의 출구

한 뼘은 뒤꿈치가 닿지 않는 나머지 구두 뒤축입니다
땅끝에 밀려 파르르 떠는 발가락과
다시 발톱을 갈아 끼운 절벽 앞에서 뒤돌아설 줄도 아는 침묵의 관성입니다
밖으로 빠져나가지 못하고 손끝에 맴돌던 살어울이
문턱의 오만과 만나는 둥그런 기억들
그대가 숨겨 놓은 어둠의 마을
내가 그대 폐가 속으로 걸어가는 동안
허공을 베고 누운 바람의 날개들이
오래 참아온 몸짓을 서두릅니다

한 뼘의 단잠과 따뜻한 손길이 마음의 상실을 벗어납니다

저녁 무렵

사물이 또 다른 사물에게 발을 씻겨 주는 시간

오후 일곱 시의 빨래가 바람에게
뒤꿈치를 담았던 신발이 발목에게
세상 모든 이름 있는 것들이 무명無名에게

발을 씻긴다는 것은 생의 밑바닥 핥고 난 뒤의 위무 같은 것
살 속 깊이 박혀 솟구치지 못하는 비늘 일으켜 세우는 입김 같은 것

오래된 창문에 알을 스는 벌레들
들리지 않는 물소리 밟고 주워 오는 낙과 몇 알
달빛 수로 따라 조심스레 손 내미는 버드나무 그림자가

저 건너 마음을 벗어놓고 마음 안쪽을 부비며 들어오는
그대 가지런한 무릎에 시린 이마를 묻는
한 봉지가 또 다른 봉지에게 못다 채운 밥을 덜어주는

붉은 음계

기관지 천식에 좋다는 진달래술을 어머니는 봄이면 항아리 가득 담그셨지

그로부터 내 식도에 허파에 진홍빛 꽃물이 망울졌을까

단내는 가시와 벌레에게 내어주고 물관부를 밟고 오르는 심연의 음계란
감각의 활줄 뽑아 올려 단단한 어혈을 만드는 내 몸의 악보였을까

곡哭이 되어 곡曲을 이루는 것 사이

높은음자리표는 오랜 멍치끝을 뚫고 나와
씨앗 품은 열매로 수십 겹 붉은 기운을 토해 내네

통꽃 심장 언저리로 흘러드는 내 피돌기여
비릿한 수로 제 안에 앉힌 꽃망울이여

손가락 마디마디 진달래로 물든 어머니의 낮은 기도와
그렁그렁 꽃물 맺힌 내 허파 꽈리는

해마다 봄날이면 컹컹 울리며 아픈 골목을 돌아 나온
무한의 음계였을까

푸른 멍에 들다

오래된 퇴행의 허리 드러낸다
늙은 느티의 혈통을 다 알고 난 후에야 집 하나 거느리게 되었다

늘 낮은 자세로 몸을 굽히시던 어머니
요추 어디쯤에 멍을 들여 제 집 삼으신 걸까
누군가의 빗장뼈를 빌려 대문 밖을 나서려 했던
내 관절 중심에는
어느덧 어머니가 기른 푸른 텃밭이 숨 쉬고
눈물겨운 혈의 자리에
새벽 등불 같은 배춧잎 편지
창을 두드린다

같은 멍에 살면서
제 집 삼으면서

불면의 잠이 푸르다

우기雨期

산길에서 걸음 멈추고 몇백 년 비를 거느린 듯한 노송의 몸피를 읽네
온몸 적시고도 그는 절집 처마 끝처럼 태연하지만
내 몸 밖 뭉글뭉글 떨어져 내리는 수피樹皮들
빗방울 닿은 자리마다 무성영화 소리 없는 소리 돌아가네
지난봄 놓쳐 버린 복사꽃 문장들 눈인사하며 스쳐 가네
끼니 놓친 구름 아래로
근시 여자의 안경 너머로

수세기 전부터 수근대던 곰팡이균들
안개, 파랑주의보로 아슬아슬 꿈을 채워 넣어도 좋겠네
떠나고 싶은 길 빗방울이 괄호 속에 가두듯이
숲을 빠져나온 숲의 음악 공중에 구름을 키우듯이
내일은 푸름을 간직한 악보 한 뼘 높아지겠네

이제 길 위 나무들 황금 종소리 매달려 하네

지금은 햇빛의 명분보다 무채색의 염료를 하늘에 풀어 내리는 시간

안개

비어있던 새장 문을 열어놓는다
안개 자욱 낀 날 아침
화분에 한 송이 봉숭아꽃 피워 올리듯이
안개는 잉카나 십자성처럼 새로운 길을 가진 깃털이 되어주리라고
지상의 빛나는 항구와 제국들
내가 이를 수 없는 누누의 지명들을
안개와 나는 그믐의 살갗으로 건너갈 수 있으리라고
순은의 머리카락 빛나는 습지에서
모든 사물의 꼬리 지워지고
유예당한 길 헛발 디뎌 위태롭겠지만
바퀴 없이 무게 없이 일 톤 트럭으로 가는 신비로운 여정 될 수 있으리
내 송곳니로 부리를 심어 벌레를 잡게 하고
발톱을 키워 거친 들판에 길을 내게 하리
내가 귀도 잃고 마음 잃어 그리움마저 속죄했던 이름들을
버들잎처럼 구름에 띄우겠네
뭉개진 깃털을 눈물 삼겠네
안개 낀 아침
화분에 하얀 봉숭아꽃 피우듯이

길을 품은 안개
그 날개를 빌리리라고

소리의 탑

목련세탁소 김 씨는 아침마다 소리의 탑을 쌓는다
세에타악 세에타악
그 소리 낼 때마다 자갈돌 하나씩 계단에 낳아놓곤 한다
잘 익어 돌 하나 거저 떨어지는 듯 무심해 보이지만
피 맺힌 목울대 거쳐 산나리 꽃대 밀어 올리듯
붉게 기어 나오는 소리

13층 저 공중의 깊이를 다 이겨내야 한다

다부진 마음의 돌기 겹주름 되어 늘었다가 줄었다가
소리는 연신 자기 몸 굴려가며 제 몸 여미고
연마와 조탁을 거듭했을 거다
제 소리에 탁한 바람도 불어넣어
조금과 사리로 일렁이게 했을 거다
불에 덴 굽쇠의 끝이 점점 둥글어지듯
오래된 아궁이에서 소리는 돌을 이룬다

애처러운 눈물의 집적이듯
탑을 쌓을 수 있는 최적의 무게이듯

>

오랜 시간 갈고 견디어
잘 익은 향기 나는 돌들
기다리고 숙성할 줄 아는
탑의 이마에 소금 알 한 줌 맺힌다

어디서 왔는지 붉은가슴새 한 마리
탑 주위를 비잉 돌고 있다

세상을 처음 만나는 아이같이

빛과 소금으로 영글었습니다
진리의 날개를 펼쳐 들었습니다
우리의 언어는 황무지에서 일궈낸 금빛 씨앗
머리채 긴 바람을 맞고 서있는 투명한 나뭇가지
한 줌 소금 같은 기도로 죄의 옷자락 정결해지기까지
길 끝에 주저앉은 영혼들 무릎 세워 일어설 때까지
안으로만 울부짖는 작은 돌멩이

이 아침 나는 가녀린 새의 맥박으로 천년을 노래하렵니다
바람의 이마를 가르는 빗방울 첫 악보를 연주하렵니다
손을 씻고 맞이하는 조촐한 식탁에 새하얀 백합을 꽂고
세상을 처음 만나는 아이같이 순결한 노래에 귀 기울이렵니다

이 아침 주님이시여
무딘 발길이 새벽 숲길을 헤치며 갈 때에 넘어지지 않게 하시고
어둠 속에서 이제 마악 펼쳐 든 날개가 꺾이지 않게 하소서

좁은 문의 손잡이는 늘 푸르고 반짝입니다

>

내가 저지른 과오와 욕망의 뼈 사이 진실의 새를 가두고
겨울 얼음장 아래서 뽑아 쓰는 결빙의 언어를 만나게 하소서
맨 처음의 성소에 불을 밝히고
영혼을 품은 신령한 종소리 울려 퍼질 때에
우리의 펜대가 쓰디쓴 수액에서 뽑아 올린 무화과 향기로 번지게 하소서
가시밭길 사이 옳은 길을 향해 내딛는 첫 발자국 되게 하소서

제야에 드리는 기도

주여 지난 한 해는
좁은 문과 큰 욕망의 굴레 사이에서
미혹의 발뒤꿈치를 높이 세우고 살았습니다
약한 자 앞에선 이유 없이 목소리를 높이고
내가 나 이상의 아무것도 아님을
적당한 높이에서 깨닫지 못했습니다
먼 데 지평선을 향하는 두 개의 어깻죽지가 한쪽으로 치우쳐도
우둔하여 제 소리를 듣지 못하는 영혼은 늘 바람처럼 허허로왔습니다

새해에는 주여
낮은 가지 끝에 험한 산에 내려도 언제나 아름다운 새벽 눈처럼
내 사랑 내 믿음도 순결하게 내려앉게 하옵소서
주님의 형상 바라보며 생명으로 가 닿는 길이라면
어디라도 기쁘게 걸어가게 하옵소서

진리이며 생명이신 주여
감람나무 새순이 함부로 자라지 않도록

진실의 새를 가두고
교만할 때 조금씩 잘라낼 수 있는 톱질을 허락하소서
풀잎 사이를 떠도는 허공의 말보다 아름다운 사람이 던진
아픈 사랑의 말을 더 많이 듣게 하소서
때 묻은 옷자락을 적시며 딴 길로 헤매는 상처난 발자국을 위해
한참을 울게 하소서

내가 험난한 운명의 길가에 서성대다가 희망의 밧줄을 놓으려 할 때
주님은 내 곁에 다가와 가만히 손 내미셨습니다
아무도 내 절망을 씻어주지 않고 돌아섰을 때
고요히 등불이 되어 내 영혼을 밝혀 주셨습니다

내가 한 포기 눈꽃으로 태어나서 밤새 함박눈으로 쌓이는 것은
길과 길이 만난 아름다운 세상을 맞기 위해서가 아닙니다
바짓가랑이를 적시며 나를 밟고 가는 사람들의 발자국을 견디기 위해서가 아닙니다

>

그대 처음과 같이 아름다울 줄을

그대 처음과 같이 오솔길에 순결하게 피어날 줄을

기억하지 못해서가 아닙니다

새해에는 주님이시어

세상 모든 이의 사랑으로 피어난 하얀 눈꽃 송이

그 순결한 길모퉁이에 남겨진다 해도

그대 마음 밝혀 줄 작은 등불 하나 걸어두겠습니다

밤이 오고 별이 뜨고 거센 바람이 불어도

내 그대를 기다리는 가난한 마음의 사람이 되겠습니다

수없이 제 눈물로 제 살을 씻으며 맑은 슬픔을 견디는 아름다운

눈꽃으로 피어나겠습니다

엄마의 정원

어머니는 아직 돌아가시지 않았다
그녀 꼿꼿했던 등뼈의 세월이 서서히 스러졌을 뿐이다
무딘 연장은 아무도 없는 빈집 정원 안쪽을 훑고 계실 것이다
생전에 좋아했던 후박나무며 밥풀떼기꽃
일년생 풀꽃의 더운 이마를 만져줄 것이다
34Kg 가죽만 남은 마지막 노구로
초록 그늘의 글썽임을 견디셨을 것이다
그녀를 불러낸 것은 고향 집 부드러운 흙냄새
동쪽 해안선 눈금 안쪽이었으리
맑은 뇌관에 이르는 내면 속 외로움이었으리

그녀의 몸이 아무도 없는 빈집
가벼운 살갗 플랫폼에 닿으면
천천히 열리는 물관
화려하지 않은 꽃심 눈물진 잎맥 닦아주고……

어머니는 아직도 돌아가시지 않았다
아무도 없는 정원 텅 빈 육신과 영혼 사이
함부로 자라난 헛된 풀을 뽑고 계실 것이다

해 설

어둠 속에서 샤콘을 연주하는 시인

이형권(문학평론가)

> 낙타의 궁핍이 흐르고 흘렀으나 샤콘 낮은
> 음계를 여는 귀는 푸르렀다
> —「목각 인형」 부분

1. 상처의 내면화와 허무주의

송계헌 시인은 1989년『심상』을 통해 등단한 뒤 지금까지 두 권의 시집을 발간했다.『모서리 슬픈 추억을 갖고 싶지 않다』(1995),『붉다 앞에 서다』(2006) 등이 그것이다. 이들 시집에서 송계헌 시인은 밀도 높은 은유와 개성적인 이미지를 통해 수준 높은 시적 사유와 감각을 보여 주었다. 두 번째 시집에서 "은유는, 다른 몸집과 다른 미로를 갖고 있는 이미지는/ 그 선명한 길 위에 서있다"(「시인의 말」)는 고백은 그러한 사유와 감각이 시인의 또렷한 시적 자의식 속에서 탄생한 것임을 알려 준다. 이러한 자의식을 간직하고 걸어온 "그 선명한 길 위"는 시인이 살아온 인생길과 다르지 않다. 그런데 송계헌 시인이 시적 사유 속에 불러들인 인생길은 상처로 얼룩진 시간으로 점철되어 있다. 가령 "나 이십 년 전에도 여기 이렇게 서서/ 푸른 신호 기다렸으나/ 욱신대는 상처 하나/ 발아래 내려놓지 못했으니/ 내 안으로 흘러드는 시간의 낙화를 기다리며"(「'붉다' 앞에 서다」)라는 시구가 그러한 사정을 대변해 준다. 이처럼 인생길에서 만난 "상처"를 내면화하여 성찰하는 일은 송계헌 시인이 지향해 온 시적 개성의 하나이다.

"상처"의 내면화는 이 시집에서도 지속되는 특성이다. 이를테면 "덜 아문 상처가 있다면 그것은 발화되지 않은 첫마디의 웅얼거림/ 살아있는 것들의 내장 속에 깃든 수천 물결의 떨림// 아직도 상처 흔적을 숨기고 있는 나의 일부에는/ 붉은 가슴에 배인 꽃망울 토해 내지 못하고 있는 거다"(「갇힌 방」)라는 시구가 그런 특성을 대변한다. 사실 한 인간으로 세상을 살아가는 과정에서 어떤 형태로든 "상처"를 받지 않을 사람은 없다. 다만 그것을 어떤 태도로 수용하느냐의 문제는 사람마다 다를 터인데, 이 시집의 시편들에 미루어 보건대 송계헌 시인은 그러한 "상처"에 매우 민감한 편이다. 무릇 "상처"에 민감한 사람은 대개 마음이 순수하고 진실하다. 왜냐하면 "상처"는 적당히 타협하지 못하는 사람이 겪는 비루한 자아나 속악한 세상과의 갈등이자 불화를 의미하는 것이기 때문이다. 이러한 갈등과 불화는 송계헌 시의 일반적인 특성이라 할 만한데, 이번 시집에서 "상처"의 인식이 이전과 비교해 더 깊어지거나 초월적, 관조적 태도와 결합한다. 이러한 변화는 인생과 시의 연륜에서 비롯된 것이라 할 수 있을 터, 젊은 시절 그토록 아프게 다가왔던 인생길의 "상처"와 시간적 거리감을 확보한 데서 가능해진 것이다. 따라서 이 시집은 이제 완숙한 삶의 경지에 이른 한 시인이 겪어온 "상처"의 내면적 응시를 통해 역설적으로 그것을 극복하고자 하는 소망의 기록이다.

그렇다면 "상처"는 어디에서 오는가? 그것은 비극적 세계관과 관련되는 것으로서 한 인간으로서의 실존적 자의식, 일상생활에서 느끼는 비루함, 여성 혹은 노년의 인생을 살아가는 데서 오는 허무감, 시를 창작하는 과정에서 마주치는 결핍감 등에 연원을 둔다. 이는 유한자로서 인간의 본질과 관련되는 것이면서 사회인으로서 타락한 현실을 살아가는 과정에서 마주치는 것이다. 이 시집은 이러한 "상처"의 연원을 탐구하는 데 바쳐지고 있는데, 이를 위해 시인은 어둠이라는 부정적 이미지를 자주 호명한다. 이 시집에 빈도 높게 나타나는 어둠의 이미지는 음울한 내면이나 비극적 현실을 드러내는 매개물인데, 그 비유적 계열체로는 바람, 여성, 시 등이 자주 등장한다. 그런데 이러한 어둠을 노래하는 것은 비극적 인생을 긍정하기 위한 것이기보다는 그것을 초월하기 위한 것이다. 인간의 비극적 운명과 속악한 현실을 있는 그대로 응시, 성찰함으로써 역설적으로 그것을 극복하려는 것이다. 이처럼 역설적, 전복적 상상을 통해 삶의 새로운 의미를 발견하려 한다는 점에서 이 시집은 니체의 허무주의를 떠올리게 한다. 그것은 단순한 절망의 과정이 아닌 깨달음의 과정이자 동시에 허위의 굴레에서 벗어나는 것을 의미한다. 즉 니체가 말한 허무주의는 인간이 어떤 외부적인 가치를 극복하여 자기 자신의 주인이 될 수 있는 하나의 정신적 계기이다.

2. 어둠, 바람, 여성의 비극성

이 시집에는 어둠의 이미지가 빈도 높게 등장하여 삶의 비극성 혹은 죽음의 세계를 상징한다. 어둠은 그 자체로 부정적인 세계를 상징하는 것이지만, 빛의 세계를 인식하는 하나의 계기가 되기도 한다. 어두울수록 빛을 갈망하는 마음이 커지듯이, 어둠을 깊이 탐구하는 일은 결국 빛을 찾기 위한 행위라고 할 수 있다. 즉 어둠은 궁극적으로는 비루한 현실 속에서 인생의 가치를 발견하게 하는 역설적인 가치를 지니는 것이다. 이러한 어둠의 역설은 이 시집 전반에 두루 나타나는 인식론적 통로이자 시적 표현의 방법이다.

눈물 속에 뼈가 있는 걸까
뼛속에 핏줄이 있는 걸까
햇살이 날카로운 단검 되어 찌를 때마다
뚝뚝 맑은 핏물이 흘러내린다
숨을 끊고도 저리 오랜 목숨 부지하는 것은
욕망의 무게를 누르고 가벼이 몸 바꿔 거꾸로 매달린 육탈

달콤한 귓속말을 사랑이라 오독하던

덜컹이는 세상의 바큇살을 굴리며 대로를 횡단하던 직립의 날들이

줄기 되어 뻗어가기를 바랬어

햇빛에 감기기도 하고 달빛에 물결치기도 하면서

황금 잎사귀를 달고 싶었어

하지만 떼를 지어 강으로 이식되는 뼈들, 눈물들

그들 하얀 손이 생명의 부재를 예고한다

희미하게 우주를 떠받치던 근육들 흙 속에 묻혀 버린다

레퀴엠 마지막 악보가 어둠 속에서 밀봉되어진다.

—「고드름」 전문

시인은 "고드름"에서 "눈물 속에 뼈" 혹은 "뼛속"의 "핏줄"을 연상하고 있다. "고드름"이 "햇살"로 인해 녹아내리는 모습을 "맑은 핏물이 흘러내"리는 것이라고 한다. "고드름"에서 "눈물"이나 "핏물"을 연상하는 것은 세상과 "거꾸로" 존재하는 데서 오는 슬픔이나 희생과 관련된다. "욕망의 무게를 누르고 가벼이 몸 바꿔 거꾸로 매달린 육탈"의 존재라는 시구가 그러한 사실을 뒷받침한다. 이때 "육탈肉脫"이란 살이 빠져 여윈 것을 의미하지만, 이 시에서는 육신이나 현실의 욕망을 초월한다는 뜻으로 읽을 수 있다. 따라서 "고드름"은 지상의 세속적 "욕망" 혹은 어두운 지상의 질서

를 거부하면서 그 과정에서 오는 슬픔이나 희생을 감내하는 역설적 존재를 표상한다. "대로를 횡단하던 직립의 날들"이 "줄기 되어 뻗어"서 "황금 잎사귀를 달고 싶"다는 소망은 그러한 역설적 존재의 전제 조건이다. "고드름"은 "햇빛"과 같은 현실의 시련 속에서 "육탈"을 할지라도 그것을 극복하고자 하는 소망을 간직한 존재인 셈이다. 그 소망은 삶의 시련이나 고난이 "생명의 부재를 예고"하거나 "우주를 떠받치던 근육들 흙 속에 묻혀 버린다" 해도 변하지 않는다. 이뿐만 아니라 "레퀴엠 마지막 악보가 어둠 속에서 밀봉되어진다"에서처럼, 죽은 이의 영혼을 위로하기 위한 진혼곡 "레퀴엠 requiem"마저 "밀봉"된다고 해도 마찬가지다.

이 시집의 표제작에서도 어둠은 "잠깐의 어둠인데, 잠깐의 적막인데 한 동선을 선별하는 사이/ 나는 집을 잃고 말았다 망막을 떨구고 말았다/ 없는 창문에서 좁은 시야를 꺼내는 일/ 하루의 정전은 천천히 완성되어 가는 미완성, 저무는 박동 소리/ 나를 멈추고 서서 피가 멎은 엄지발톱을 내려다보는 이 뜨거움"(「하루의 정전」)의 시간과 관계된다. 시인은 일상에서 경험하는 "정전"이라는 사건을 상실감으로 가득한 내면세계와 "미완성"의 인생을 성찰하는 계기로 삼고 있다. 이 시의 "나"는 앞의 시에서 "고드름"과 같이 삶의 비극성을 인식하면서 "황금 잎사귀"와 같은 고졸한 가치를 지향하는 존재이다. 이러한 존재는 어두운 현실 너머 탈속의 빛을 추구하는 시인의 모습이라고 해도 무방하다.

이 시집에서 어둠과 유사한 내포적 의미를 지니는 이미지는 바람이다. 바람은 물리적으로는 공기의 움직임을 일컫는 것이지만, 그 문학적 의미는 삶의 시련이나 고난과 연관되는 경우가 일반적이다. 혹은 생의 감각을 일깨워 주고 그 비의를 깨닫게 해 주는 매개 역할을 한다. 이 시집에 등장하는 바람도 그러한 의미 맥락에서 벗어나지 않는다.

계이름 '솔' 하나에 여덟 개의 음이 들어있다고 어느 작곡가는 말했던가

여러 갈래 소리와 빛깔로 흩어지는 바람 속에 나는 서있다

맑은 귓바퀴로 들녘을 풀어내는 그대와 흰 뼈 몇 개로 주저앉아 어둠의 낱알을 줍곤 하는 나 사이 알 수 없는 기호와 형상의 울음소리 떠돌고 있다

지워지지 않는 흔적의 지문으로 낙타 등 위 물혹으로

그대 보이지 않는 투명한 죄 등에 업고 허공에 묻어나는 떠돌이의 상처를 맡고 있다

숲의 등뼈는 짚어낼 수 없는 오랜 누옥

노인의 환부 안쪽 마른 움직임으로 들여다볼 때

여덟 개의 '솔'이 긋고 지나가는 바람의 서식지

여러 갈래 소리와 빛깔이 스쳐가는 생의 절벽 그 너머

고통의 소리는 사람 마음에 따라 서른세 가지 모습으로 나타난다고

상처 바닥을 훑고 지나가는 바람이 말해 준다

—「바람의 전언」 전문

이 시는 "계이름 '솔' 하나에 여덟 개의 음이 들어있다고" 하는 "어느 작곡가"의 말을 인유하면서 시작한다. 하나의 음계에 여러 가지의 소리가 내재한다는 것은 하나의 기의가 다양한 기표들로 구체화되는 언어의 생리와 관련된다. 그러나 이어지는 "여러 갈래 소리와 빛깔로 흩어지는 바람 속에 나는 서있다"는 구절은 앞의 시구가 인생론적 의미를 내포한다는 점을 암시해 준다. 이것은 인간이면 누구나 간직하고 사는 다자적 정체성을 말해 주는 것이지만, 그 정체성의 지배 요소는 "어둠의 낱알을 줍곤 하는 나"이거나 "투명한 죄"와 "떠돌이의 상처"를 지니고 사는 존재라는 속성이다. 그것은 "바람의 서식지"이거나 "여러 갈래 소리와 빛깔이 스쳐가는 생의 절벽"을 구성한다. 그리고 이들을 모두 수렴하는 것은 "사람 마음에 따라 서른세 가지 모습으로 나타난다고" 하는 "고통의 소리"이다. 이러한 소리를 전해 주는 "바람"은 삶의 고통을 다양한 차원에서 구체적으로 감각하게 하는 매개 역할을 한다. 이처럼 삶에 드리운 "고통의 소리"를 피하지 않으면서 그 다양한 감각을 탐구하는 것은 기투企投를 통해 실존적 본질을 깨달으려는 행위이다. "바람"이 인간의 실존 감각을 고양해 주는 역할을 하고 있는 셈이다. "고통"의 기투는 다른 시에서도 "너의 비운悲運을 견딤으로써/ 한 생을 흘러내리는 진물들/ 바람처럼 나부끼리라"(「설중백雪中栢」)고 표현된다. 차가운 눈 속에서 피어난 동백꽃의 모습에서 "한 생을 흘러내리는 진물들"을 다양하게 감각하고자 한다. 그 감각의 매개가 이 시에서도 "바람"인데, 이는 "백 개의 죄목/ 백 개의 인연 모두 끊어버리는// 너의 기억 체계는 늘 바람이었다"(「황사」)는 시구와도 연관된다. "바람"은 이처럼 삶의 상처와 고통에 대한 인식의 매개라고 할 수 있다.

삶의 상처와 그로 인한 고통의 연원은 남성 중심 사회에서 살아가는 여성의 삶과 연관되기도 한다. 사람들은 이 시대를 페미니즘의 시대라고는 하지만, 실제 생활과 생각의 깊은 곳을 들여다보면 아직 여성의 삶은 여전히 차별받고 소외되고 있다. 시인은 이처럼 어두운 현실을 한때 입체파 화가 피카소와 살았던 한 여인의 비운을 통해 드러낸다.

파블로 피카소의 다섯 번째 연인이던가

울고 있었다, 온몸으로

환하던 내 미소에 그녀 푸른 얼룩이 겹쳐진다
깊은 동공에 그녀 눈물방울 떨어진다
앞과 옆 뒤로 펄럭이는 시선들

눈을 버림으로써 새 눈을 뜨게 하던가

나를 뚫고 지나가는 풍경, 형상 밖의 포즈
응시하는 모든 슬픔이 흰 마가렛 같은 운명을 인화하고
야윈 광대뼈를 부비며 또 다른 얼굴 끼워 넣는

몸 떨며 숨을 토해 내는 샐비어 입술의 女人
올리브 가지로 휘어진 물고기 등뼈 같은 女人
오필리아 한숨을 닮은 女人

구급차 절박한 사이렌 소리,
가슴앓이 울지 못하는 첫새벽의 기도,
몰약과 향유까지도

나는 무수한 그녀를 열고 푸른 얼룩 위로 겹쳐지다

—「우는 여인」 전문

이 시의 제목은 입체파 화가 피카소의 작품 이름을 차용한 것이다. 〈우는 여인〉이라는 그림은 피카소가 그의 많은 여성들 가운데 한 명을 모델로 삼아 그린 것이다. 그녀는 한때 피카소와 7년 동안이나 살았던 도이마르라는 여성이다. 그녀는 피카소의 자유분방한 여성 편력으로 인해 마음의 고생을 심하게 하며 살았던 것으로 알려져 있다. 그녀는 피카소와 다른 여성 모델들과의 각종 소문으로 시달렸으며, 심지어는 사창가 여인들과의 관계로 인해 극심한 고통을 받기도 했다. 그녀는 피카소와 헤어진 후 정신병원을 드나들다가 쓸쓸한 죽음을 맞이했던 것으로 전해진다. 그런데, 시인이 그녀를 호명한 것은 그녀가 감내한 여성적 삶의 비극에 인간적 동질감을 느끼고 있기 때문이다. 시인은 "온몸으로" 슬프게 "울고 있"는 그녀를 그린 그림을 바라보면서 "환하던 내 미소에 그녀 푸른 얼룩이 겹쳐진다"고 하지 않는가? 세상의 "모든 슬픔"을 간직한 듯이 우는 그녀의 모습이 "나를 뚫고 지나가는 풍경"이 된다는 것, "나는 무수한 그녀를 열고 푸른 얼룩 위로 겹쳐"진다는 것도 마찬가지다. 시인은 남성 중심 사회에서 여성적 삶은 "오필리아 한숨을 닮은 女人"이 될 수밖에 없다는 사실을 강조하고 있는 것이다. 이처럼 시인이 "구급차 절박한 사이렌 소리"와 함께 살았던 그녀의 슬픈 생애에 공감하는 것은 피카소로 표상된 남성적 질서에 대한 고발의식의 발로이다. 혹은 "그림자조차 없는 겨울 정원 같은 여자의 가슴에/ 오늘도 장밋빛 프리즘 하나씩을 심어"(「정원사 1」)주고 싶은 소망의 발로이다. 여성은 "장밋빛" 인생을 살 권리가 있다는 사실을 강조하고 싶은 것이다.

3. 시의 늪에서 역설의 별빛 찾기

시 또한 시인의 삶을 지배하는 어둠의 연원이다. 이 시집에는 시인이 화자가 되어 시가 잘 쓰이지 않는 데 대한 불만스러운 마음을 드러내는 시편들이 적지 않다. 시적 자의식이라고 할 수 있는 이러한 생각이 빈도 높게 드러내는 것은 그만큼 좋은 시를 창작하고자 하는 열망이 크다는 것을 말해 준다. 그런데 열망은 열망일 뿐 아무리 위대한 시인이라 할지라도 완전한 시를 쓴다는 것은 불가능한 일이다. 시인은 완전한 시를 향한 열망과 자신의 시에 대한 결핍감을 평생 간직하고 살아가는 존재일 뿐이다. 이때의 결핍감은 시인으로 하여금 시 쓰기를 멈출 수 없게 하는 정신적, 정서적 에너지 역할을 한다는 점에서 열등감과는 다르다. 열등감은 자신이 못난 데 대한 절망감과 관련된다면, 결핍감은 충만한 세계를 향한 부단한 열망을 갖게 하는 것이기 때문이다. 이러한 결핍감과 관련하여 송계헌 시인은 자신의 시력을 이렇게 노래한다.

한길 눈 더미에 쓸려 나갈 빈터 오물 같던
더 이상 쪼개어질 수 없는 능금의 씨앗 같던
라디오에서 흘러나오는 열두 시 시보 같던
베스킨라빈스 같던

구름이었다가 채 피지 않은 꽃잎이기도 한
몇 줄 나의 시력詩歷

아직 달아오르지 않은 서쪽 하늘은 고비사막이었네
내 시어의 목록에 빈 주름을 더하는 일
앙마른 가슴에 산초 가지 꺾어 세우는 일은
마지막 부록 같은 달력 한 장에게나 주려 했네

환한 햇살에 발목 담그고 싶다고
꼭 한마디만 품어줄 가슴 있다고
저 혼자서 피었다 지는 길섶의 영토를
마음으로 그리고 또 그려보는 날들 속에서

잠깐 그대가 다녀간 입김 같은 지느러미 등에 달고
시의 늪에서 허우적이는
불임의 끝자리.

—「시의 늪」 전문

시인은 자신의 "시력"을 처음부터 "빈터 오물"이나 "쪼개어질 수 없는 능금의 씨앗" "열두 시 시보" "베스킨라빈스" 등으로 비유하고 있다. 모두가 자신의 시를 무용하거나 융통성이 없거나 일상적인 것이라고 비하하는 뜻을 담은 것들이다. "구름이었다가 채 피지 않은 꽃잎"도 마찬가지다. 이어지는 "고비사막"이나 "빈 주름" "마지막 부록 같은 달력 한 장" 등도 자신의 시가 삭막하고 공허하고 사소한 것이라는 인식과 관련된다. 이러한 부정적 인식들은 마지막 연의 "시의 늪에서 허우적이는/ 불임의 끝자리"라는 시구로 수렴된다. 자신의 시가 부정적인 속성들로 그득한 "늪"에 빠져서 생명력을 상실했다고 고백하고 있는 것이다. 그러나 이 시는 이러한 고백 자체보다는 이러한 고백을 하는 이유가 중요하다. 그 이유는 4연에서 제시한 대로 "환한 햇살에 발목 담그고 싶"은 소망과 "품어줄 가슴 있다"에 대한 믿음을

"마음으로 그리고 또 그려보는 날들"이 있었다는 사실이다. 즉 "환한 햇살"과 따듯한 "가슴"과 같은 시를 쓰고 싶지만, 그런 시가 마음대로 쓰이지 않는 데 대한 자의식이 자신의 시에 대한 부정적인 인식을 불러일으킨 것이다. 특히나 이러한 시적 결핍감에 대한 인식은 "잠깐 그대가 다녀간 입김"으로 인해 배태된 것이라는 점이 중요하다. 이것은 시의 에피파니epiphany에 대한 열망과 관계 깊다. 시인은 뮤즈가 강림할 순간을 위해 고해성사하듯이 자신의 시적 결핍감을 고백한 것이다. 시인은 이 고백을 통해 자신의 시를 갱신하는 정신적 에너지를 얻는다.

시적 결핍감은 다른 시에서도 "나는 파지뿐인 시의 원고를 수레에 싣고/ 천국의 반대편에 서있는 것인지/ 천국 강을 건너지 못하는 것일지// 찬 빗방울 몇 낱 흙터처럼 고여오는 일요일 밤"(「천국의 문」), "내 시詩의 꿈들/ 아직도 동굴속에서 행간 사이 헤매고 있는데"(「자판기」), "내 낡은 신발 위에 시의 여백을 타전하는 작은 신"(「작은 신」) 등으로 표현되기도 한다. 자신의 시가 "파지"와 비슷하고 "행간 사이"를 "헤매고" 있다고 하는데, 이는 자신의 시를 진심으로 부정하는 것이 아니다. 이 시구들은 완전한 시를 향한 열망과 관련된 것으로서 송계헌 시인이 시적 자존심이 강하다는 것을 역설적으로 암시해 준다. 우리는 이 대목에서 시적 자존심이 강한 사람은 시적 이상의 설정도 남다르다는 점을 생각해 볼 필요가 있다.

한 시인이 자신의 시적 결핍감을 인식하면서 시의 에피

파니를 소망하는 일은 역설적이다. 어둠과 바람으로 표상된 현실 세계를 응시, 극복하여 빛과 고요의 세계에 이르려는 소망도 그렇다. 이러한 역설은 시의 근본적 속성이기도 하다. 시인은 “날개 없이 소금밭을 건너는 현시의 생”(「날개 없이」)을 견디면서 진정한 “날개”의 세계를 탐구하는 것과 같다. 송계헌 시인은 그 세계를 어두운 지상 너머에서 반짝이는 별에서 찾는다.

> 맨발로 걷고 싶다
> 더 이상 추락할 것도 없는 절망의 날개 곤두박질칠 때면
> 흙으로 내려가 바닥의 슬픔을 살갗 깊숙이 느껴보고 싶다
> 거대한 회색 도시가 입 벌려 모두를 먹어치울 때
> 온갖 문서와 조약, 변심하지 않은 애인을
> 떠오르는 여명과 일몰까지도 삼켜버렸을 때
> 나는 홀로 샤먼이 되어 숲길을 걷고 싶다
> 땅바닥에 경배하고 싶다
> 발끝에 닿는 풀잎의 향기, 작은 곤충들의 나긋한 더듬이,
> 꼼지락대는 햇살의 실핏줄까지도 투명하게 받아내고 싶다
> 도심 한복판 엎치락뒤치락 제 살 파먹는 군상들
> 서로의 뒤통수에 빈 총구 겨누는 밀렵꾼들 보이지 않는
> 별의 감옥으로 이송되고 싶다
> 푸른 피가 발바닥에 샘처럼 고일 때까지
> 말랑한 복사뼈에 파릇한 이파리 돋을 때까지
>
> —「별의 감옥」 전문

시의 앞부분은 "맨발"로 걸으면서 "바닥의 슬픔을 살갗 깊숙이 느껴보고 싶다"고 노래한다. 이때 "바닥의 슬픔"은 현실적, 문명적 삶의 기쁨과 반대되는 삶에서 오는 역설적 감정이다. "바닥"은 "거대한 회색 도시"의 잡식성이 "온갖" 약속과 사랑하는 "애인"과 태양의 "여명과 일몰"과 같은 소중한 것들을 "삼켜버렸을 때"의 어두운 현실 상황을 의미한다. 이런 상황 속에서 시인은 자연의 정령이 살아 숨 쉬는 "숲길"의 세계를 소망하고 있다. "나"는 그곳에서 "땅바닥에 경배"를 하면서 "풀잎의 향기"와 "작은 곤충들", "햇살의 실핏줄"을 향유하고 싶은 것이다. 그래서 "서로의 뒤통수에 빈 총구 겨누는 밀렵꾼들 보이지 않는" 세계 즉 "별의 감옥"을 지향한다. 이때 "별"은 물질적 욕망이나 문명적 편리를 넘어선 높은 정신의 세계 혹은 진정한 시의 세계를 의미한다. 그러한 세계에 대한 "나"의 지향심은 절박하고 강렬한 것이어서 "푸른 피가 발바닥에 샘처럼 고일 때까지/ 말랑한 복사뼈에 파릇한 이파리 돋을 때까지" 지속할 것이라고 한다. 그리하여 궁극에는 속악한 도시, 그 어둠의 세계에서 격리된 "별의 감옥"에서 살아가고 싶다는 것이다.

높은 정신세계를 향한 열망으로서의 별과 유사성을 지닌 것으로 불꽃이 등장하기도 한다. 불꽃의 불타오르는 이미지는 세속적인 것을 넘어서는 승화와 초월의 의미를 내포한다. 불꽃은 현실의 어둠을 물리치면서 새로운 빛의 세계로 비약하는 존재를 상징하는 것이다. 그러한 존재는 시인에게는 무엇보다 시라고 할 수 있을 터인데, 아래에 등장하는

"불의 눈물"은 시가 지닌 그러한 역설적이고 초월적인 속성을 표상하는 것이다.

> 거실 벽난로에 불을 때면서 알았다
> 장작개비에도 눈물 구멍이 있다는 것을
>
> 불을 땔 때마다 탁탁 자지러지며 울부짖는 소리
> 드디어는 눈물 같은 진액 한 줄기 흐르는 것을
> 온몸을 분지르며 뒤틀며 불의 씨방에 닿으려는 소리 들린다
>
> 아슬히 불꽃을 이루는 건
> 향기 나는 눈물과 빛과 고열
> 햇살과 비를 거쳐 단단한 목질을 이루어왔듯이
>
> 불의 혀로 눈물을 핥으면서 불꽃은 가장 높이 솟아오른다
>
> 먼 한라 산정을 향해 눈물이 뿔처럼 여물었으니
>
> —「불의 눈물」 전문

이 시는 "거실 벽난로" 안에서 타오르는 "장작개비"를 관찰하면서 시작된다. "장작개비"가 불에 타면서 나오는 "진액"이 다시 불타오르는 장면에서 역설적 진리를 발견하고 있다. "불의 혀로 눈물을 핥으면서 불꽃은 가장 높이 솟아오른다"는 것이 그 진리의 구체적 형상이다. "장작개비"가 불

에 붙으면 자연히 나무 속에 있던 진액이 흘러나올 것이고, 그것은 송진과 같이 발화성이 아주 높은 물질일 터이니 "불꽃"이 솟아오를 수밖에 없다. 시인은 이러한 장면에서 나무의 진액을 "눈물"이라고 비유하고 "불"꽃을 "혀"로 비유하면서 "눈물"이 인간 정신을 높이 고양시켜 준다는 역설적 진리를 발견한다. "먼 한라 산정을 향해 눈물이 뿔처럼 여물었"다는 표현도 같은 의미를 내포한다. 시인은 아마도 제주도의 어느 숙소에서 "거실 벽난로"의 불타는 "장작개비"를 바라보면서 인간의 가장 낮은 감정인 슬픔이 오히려 높은 정신세계를 견인한다는 진리를 발견한 것이다. 다른 시의 "아픈 비늘 하나씩 벗겨 내는// 봄날의 푸른 점화식"(「봄의 점화식」)이라는 시구도 비슷한 의미 맥락을 구성한다. 봄날, 생명의 녹음이 솟아나는 장면을 겨울의 "아픈" 상처를 승화시키는 "푸른 점화식"이라고 비유한 것이다. 이렇듯 "불꽃"은 시를 통해 어둠의 세계 혹은 눈물의 세계를 극복, 승화하려는 시인의 의지를 표상한다.

시다운 시에 대한 열망은 기도의 언어로 나타나기도 한다. 기도는 신성한 세계를 향한 소망과 동일시를 지향하는 행위이다. 그 기도는 삶의 어둠이 짙어질수록, 빛에 대한 소망이 클수록 더욱 간절해지기 마련이다.

> 이 아침 나는 가녀린 새의 맥박으로 천년을 노래하렵니다
> 바람의 이마를 가르는 빗방울 첫 악보를 연주하렵니다
> 손을 씻고 맞이하는 조촐한 식탁에 새하얀 백합을 꽂고

세상을 처음 만나는 아이같이 순결한 노래에 귀 기울이렵니다

이 아침 주님이시여
무딘 발길이 새벽 숲길을 헤치며 갈 때에 넘어지지 않게 하시고
어둠 속에서 이제 마악 펼쳐 든 날개가 꺾이지 않게 하소서

좁은 문의 손잡이는 늘 푸르고 반짝입니다

내가 저지른 과오와 욕망의 뼈 사이 진실의 새를 가두고
겨울 얼음장 아래서 뽑아 쓰는 결빙의 언어를 만나게 하소서
맨 처음의 성소에 불을 밝히고
영혼을 품은 신령한 종소리 울려 퍼질 때에
우리의 펜대가 쓰디쓴 수액에서 뽑아 올린 무화과 향기로 번지게 하소서
가시밭길 사이 옳은 길을 향해 내딛는 첫 발자국 되게 하소서

—「세상을 처음 만나는 아이와 같이」 부분

이 시는 한 시인으로서의 소망을 담고 있다. 그것은 "가녀린 새의 맥박"과 "바람의 이마를 가르는 빗방울 첫 악보"로 "천년을 노래"하겠다는 마음으로 수렴된다. 이는 "세상

을 처음 만나는 아이같이 순결한 노래"에 대한 소망과 다르지 않다. 즉 "세상"은 "어둠"으로 타락한 곳이기 때문에 그곳에 물들기 전의 "아이"와 같은 순수한 마음으로 시를 쓰겠다는 것이다. "새벽 숲길을 헤치며 갈 때에 넘어지지 않"고, "어둠 속에서 이제 마악 펼쳐 든 날개가 꺾이지 않게 하소서"라는 기도도 같은 의미 맥락을 구성한다. 이처럼 시인이 "어둠"을 헤치면서 찾아 나선 것은 "늘 푸르고 반짝"이는 "좁은 문"인데, 그곳은 성경의 「마태복음」 7장에 나오는 '좁은 문으로 들어가라'고 할 때의 그것이다. 이 구절에 이르면 시인은 시 쓰기를 종교적 승화의 단계까지 끌어올리고 있는 셈이다. 즉 시 쓰기가 "과오와 욕망"을 순화하는 "진실의 새"나 청량한 "결빙의 언어" 혹은 "맨 처음의 성소에 불을 밝히고/ 영혼을 품은 신령한 종소리"와 동일시하고 있다. 따라서 시는 결국 "쓰디쓴 수액에서 뽑아 올린 무화과 향기" 혹은 "가시밭길 사이 옳은 길"을 찾아 나서는 역설적 행위가 되는 것이다.

4. 천 길 절벽을 걸어가는 마음

이제까지 우리는 어둠 속에서 연주되는 샤콘chaconne과 같은 시 세계를 경험했다. 잘 알려진 대로 샤콘은 세상에서 가장 슬픈 곡조라는 별칭이 붙을 정도로 매우 슬프고 우울한 음악이다. 샤콘은 동시에 슬픔을 승화하여 영원을 향해 끝없이 비상하려는 마음을 담는 음악이기도 하다. 이 시집의 시편들은 샤콘과 같이 어둡고 슬픈 시편들로 구성되었지만, 역설적으로 그 슬픔을 극복하고자 하는 의지를 충실히 담아냈다. 송계헌 시인이 시를 쓰는 이유는 샤콘이 갖는 그러한 역설의 의미를 탐구하기 위한 것이다. 그리고 시인은 그러한 의미 찾기가 세상의 어둠이 사라지지 않는 한 앞으로도 계속될 것임을 노래한다.

흰 종이 위에 붓끝을 세우기란
초승달 이마에 얹고 밤길 가는 길이겠네

꽃의 자유로운 절도,
둥근 바람 같은 것
달빛이 내어주는 한 줄기 길에서
엉겅퀴에 걸려 넘어져도

구름 입김이 바람의 몸과 하나가 될 때
조각달 한 겹씩 옷을 벗겠네
제 살을 달여 꽃무릇 꽃대 밀어 올리겠네

그 서느런 운행 따라 붓이 가는 길은
고요와 고요 사이 음률 고르며
무수한 화살 닿아 가슴 아파와도
마음 끝 세워둔 천 길 절벽

걷고 또 걷는 길이겠네

—「마음으로 난 길」 전문

이 시에서 "흰 종이 위에 붓끝을 세우기"는 시 쓰는 일인데, 그것을 "초승달 이마에 얹고 밤길 가는 길"에 비유하고 있다. "밤길"은 속악한 현실에서의 힘겨운 인생길과 다르지 않을 터인데, 그 길을 "초승달 이마에 얹고" 간다는 것은 희망의 빛을 찾아가는 일과 다르지 않다. "초승달"은 점점 밝아지는 달이므로 점점 어둠으로 가는 그믐달의 이미지와 상반되는 것이기 때문이다. 시인이란 무릇 어둠 속의 빛, 절망 속의 희망, 슬픔 속의 기쁨을 찾는 존재라고 보는 것이다. 그 길은 지난한 것이어서 "엉겅퀴에 걸려 넘어"질 수도 있지만, 다시 일어나 나아가면서 끝내 "꽃무릇 꽃대 밀어 올리겠"다고 한다. 이처럼 "붓이 가는 길" 즉 시를 쓰는 일은 "무수한 화살 닿아 가슴 아파와도" 포기할 수 없고, "천 길 절벽"이 막아서도 멈추지 않고 "걷고 또 걷는 길"인 것이다. 시인은 이 길을 일컬어 "마음으로 난 길"이라는 제목으로 부르고 있다. 이 "마음"이 바로 역설의 시심이다.

이렇듯 송계헌 시인이 일평생 시의 길을 걸어올 수 있었던 원동력은, 삶은 곧 "상처"라는 인식 속에서 그 연원을 탐구하여 그것을 역설적으로 극복하려는 의지이다. 그 연원은 어둠, 바람, 여성, 시 등으로 구체화하고 있다. 이들은 실존적 운명이나 속악한 현실이 갖는 비극성, 혹은 내면 결핍감을 표상하고 있다. 여기서 특히 흥미로운 것은 시조차도 시인에게 "상처"의 연원으로 자리를 잡고 있다는 사실이다. 일평생 함께 살아온 시가 "상처"가 된다는 것은 그만큼 송계헌 시인이 견지해 온 시의 이상과 열망이 크다는 것을 의미한다. 중요한 것은 그 이상과 열망이 시 창작의 원동력으로 작용해 왔다는 점이다. 이 역설의 시심은 송계헌 시인이 30여 년이라는 짧지 않은 세월 동안 시를 놓치지 않고 살아올 수 있었던 이유이다. 시력 30여 년은 결코 짧은 기간이 아니다. 그런데 시력 30여 년에 시집 세 권을 냈다는 사실, 이번 시집이 이전 시집 이후 무려 14년 만에 발간되었다는 사실은 평범하지 않다. 그만큼 송계헌 시인은 시적인 자의식이 강하다고 할 수 있을 터, 이 시대에는 이처럼 자기 검열에 철저하고 자존감이 높은 시인을 만나기란 쉽지 않다. 하여 이 시집을 읽는 일은 삶의 지혜와 시적 자존감을 고양하는 데 아주 유용하다고 말할 수 있다.